# ما تبقى مني

تأليف: أحمد وائل ربيع

اسم الكتاب : ما تبقى مني

تأليف : أحمد وائل ربيع

تصميم الغلاف : سها عبدالنبي

الإخراج الفني : فريق عمل بصمة كاتب

تنسيق : سارة عيد

تصنيف الكتاب : رواية

المقاس : ١٤ × ٢٠

إصدار : ٢٠٢٣

رقم الإيداع : ٢٧٠٨٠/٢٠٢٣

مديرة الدار : حبيبة شبل

للتواصل والاستفسار / 01093187904

# ما تبقى مني

This is a work of fiction. Similarities to real people, places, or events are entirely coincidental.

ما تبقى مني

First edition. 2024.



Written by أحمد وائل ربيع.

## الإهداء

أهديك تلك المرة ما تبقى مني. أهديتك الكثير ولم أكل أو أمل.

لم أكن من هؤلاء الذين بإمكانهم وصف شعورهم فأخذت أكتب لك...

كتبت الكثير والكثير، ولكنني لم أجازف مرة لأعلن خواطري امام العامة، تلك المرة الوضع مختلف.

لقد اختلف كل شيء في الفترة الأخيرة تمامًا كتلك الحكاية التي انغمرت فيها فكانت كنهٍر ثائر.

ظننت أن الحب يغيرنا، واكتشفت كون الخوف هو العامل المؤثر والأوحد للتغير.

مازلت أتساءل من المخطئ في الحكاية، وفات الأوان فالحكاية جلبت معها وَفرة من القصص التي أحاول نسيانها... كيف أنسى من امتلك ذاكرة القلب قبل العقل؟

تنويه


"بعض الشخصيات حقيقية، وبُنيت الأحداث على الكثير من الأحداث الواقعية
ومُزجت بخيال الكاتب"

أقف الآن أمام نافذتي المُغلقة أشاهد تساقط الثلج. أتساءل لماذا رُغم وقوفي خلف النافذة أشعر بالبرودة والخوف، وأنا التي كانت لا تشعر في البرد إلا دفئًا وسلامًا.

ابتعدت كثيرًا يا (صفوان) تلك المرة انتظرت أن أسمع صوتك عند هبوط هذا الصقيع البريطاني الذي لم نعتد يومًا عليه في مِصرنا. انتظرت سماع تلك اللكنة البريطانية التي أتقنتها قبل وصولك لمدينة الضباب (لندن).

" I'm outside waiting"

كنت أخرج لك متلهفة كطفلة تستقبل والدها عند رجوعه من العمل.

أفتح بابي لأجدك واقفًا بسيارتك جالبًا مشروبي المفضل معك

"سادة؟"

فتبتسم لي وتشير لي لأركب.

كنت متيمة بك يا صفوان، عشقت تفاصيلك؛ طول كفيل بجعلي أشعر بالأمان، وذقن لا ينقصها إلا مرور يدي، ابتسامة لا أستطيع تخطيها مذ عرفتك وملامحك التي يدرك الجميع عروبتها في تلك الأراضي الغربية فلطالما بدوت كالخيل العربي الأصيل.

أتذكر في مرة عندما قُلت لك "تعرف إن بروز عروق الإيد في الأساطير معناها إنك من أصول ملكية حكمت الأرض من ألاف السنين"

ابتسمت لي كعادتك ظنًا منك بأنه خيال طفلة تعيش على الحكايات والأساطير، ولم تدرك يومًا أن وجودك كان أقسى الأساطير على قلبي

حتى وجود تلك الابتسامة كان يشعرني في بعض الأوقات بالضيق فلماذا لا تشاطرني الكلمة؟ لماذا أبدأ أنا بالكلام؟، أمسك هاتفي بالساعات في انتظار رسالة منك، أُصاب بالأرق حتى سماع صوتك وأنت يزورك النعاس في أي وقت.

أخبرتك مرات كثر أن العطاء من طرف واحد يفقد للحب معناه فتقول لي

"المهم إنك تفضلي موجودة"

كيف أكون بجوارك يا صفوان وأنت دائم البعد؟

أخطو نحوك مئات الخطوات فتبعدني كجارية أرادت القُرب.

ظننت أن لكل منا نصيبًا من اسمه.

"صفوان الحجر الأملس. كنت أظن أن صلابتك للجميع وراحة الملمس لي."

مضى أسبوعًا منذ شجارنا الأخير. تبتعد بالأيام بسبب مشكلة عابرة؟

كم أنت غبي!

أتظن أن الناس لا تتشاجر؟

الشجار يقرب المحبين، ولكنني لا أعرف لماذا يبعدنا نحن.

كان لي النصيب الأكبر من صلابتك يا صفوان كنت تسألني الصبر، وما عاد لي مع الصبر طريق.

تخبرني أن ماضيك عسير فأطلبك الفرصة لأجعل المستقبل يسير، تبتسم وتختفي بعدها.

انا التي تخليت عن أهلي وأصدقائي وسافرت خلفك. أخبرتك بعدم مقدرتي على الابتعاد عنك. فجاوبتني بكل سهولة "أجيبلك شغل في مجال دراستك وتعيشي هنا"

ظننت أنك تمازحني، ولكن الجدية كانت تملأ صوتك.

تعجبت حالك فأردفت أنت بنيتك على البقاء خارج البلاد. وفي اليوم التالي أرسلت لي عقد عمل وطلبت مني المجيء فحاربت أهلي متمسكة بقرارات المرأة المستقلة التي يحق لها تحديد أهدافها. وافق أبي ورفضت أمي، وللأسف كانت تعلم أن قرارات ابنتها لا رجعة فيها، وقراري الوحيد الذي لم أكن خيرًا لاتخاذه هو البعد عنك.

كنت سرطان قلبي يا صفوان. أقلعت حينها الطائرة وبدلًا من ترك كل ما أحببته يومًا خلفي، فرحت لأنني سأكون على مقربة منك. كان ذلك القلب يخفق بشدة متأهبًا لرؤياك.

وجدتك في انتظاري عند نزولي مع باقة من زهور التوليب البنفسجية، فتحت ذراعيك لتضمني فتجاهلت احتضانك وانتشلت من يدك باقة الزهور

- عرفت منين إني بحبها؟

- في مرة قبل ما تنامي قولتيلي أنت جميل زي التوليب

- طب واللون؟

- قولتي إنك بتحبي اللون ده في كل حاجة بس بتخافي تلبسيه

كنت تعرف الكثير عني. عرفت أدق تفاصيلي واستنتجت بقيتها.

كل تلك علامات الحب ولا يبدو علينا الحب!

كنا نسير في أيام قدومي الأولى وكنت تعرفني على المدينة وشوارعها فرأتنا تلك العجوز

Your little sister is gorgeous.

Thanks

ظننتك ستخبرها بحقيقة علاقتنا فخيبت ظني كعادتك.

عبس وجهي فتظاهرت بعدم ملاحظتك.

تلك كانت أبسط طريقة لحل مشاكلنا تتظاهر بعدم وجودها.

حادثتك مرات كثر بأن الهروب ليس سيد الحلول، وحتى إجابتك كانت تهربًا

" I know"

لا يكفي أن تعرف، بل عليك أن تتخطى، ولماذا تحدثني بلغة غير لغتنا الأم أتحاول محو كل ما يتعلق بماضيك حتى وصل الأمر للغتك؟

كنت أتعمد محادثتك بلهجتنا المصرية فيزداد وجهك بشاشة وترجع لأصلك.

- مستنياه؟ ولا يستاهلك يا ريما

- آية بلاش الكلام ده

تركتني آية حائرة متصلبة بغلظتك أمام نافذتي.

لطالما كرهتما بعضكما البعض يا صفوان.

كنا جميعًا رفاق في الجامعة وأحبها أحد أصدقائك. كانت تبادله نفس الشعور، يتبادلان كلمات الحب ويتشاركان الموسيقى، ولكنك لم تكن تراها خير زوجة لصديقك. كنت تنصحه بالبعد ونتشاجر أنا وأنت؛ فحرام قتلك لها بطعنة في القلب فقط لأنك لا تحبها.

"مش شبهه يا ريما"

كيف يمكن للتشابه أن يحدد مصير علاقات الغرام، أجمل ما في الحب هو الاختلاف نحن ندري بأمر الحب حين نتقبل اختلافات غيرنا، ونعي وقوعنا في مصيدة العشق حين نهوى تلك الاختلافات. تمامًا كما أحببتك يا صفوان. لم نجتمع أنا وأنت إلا على حبك.

أنت أحببت نفسك أكثر من أي شيء. أي ماضٍ هذا يحول الإنسان لكل تلك الأنانية؟

لطالما أردت أن تفعل كل شيء بطريقتك. حتى حبنا كان بطريقتك.

أقول لك أحبك فتقول لي وأنا أيضًا أحبني.

كنت أضحك على طريقة كلامك وأقهقه في كل مرة تقولها لي، ولكنها كانت حقيقتك كنت تقول الحقيقة وأنا كنت ساذجة والآن أنا بين يديك أنتظر فقط قرار الإعدام فعلى الأقل الموت في سبيل حبك شفاء منك.

أفقت من غفلة ذكرياتي على رؤيتي لسيارتك. أشرت لي بالخروج، فابتسمت رُغمًا عن ألمي لم أستطع أن أخفي فرحتي بقدومك غفرت بُعدك فور مجيئك. أحبك وأكره حبي لك.

- مقدرش يسيبني زعلانة يا آية أنا طالعة

- ريما حبيبتي الباب اللي يجيلك منه الريح سده واستريح.

لم أهتم لكلامها وجلبت معطفي الأسود وخرجت للثلوج وايم الله لم أشعر ببردها. لقد كانت أشد برودة من داخل المنزل. مجيئك يغير شعوري ومنظوري للحياة يا صفوان.

ركبت سيارتك وكنتَ مع سيجارتك في انتظاري.

نظرت أمامك دون الالتفات لي كعادتك وأنت زعلان. تتهرب من النظر في عيني وكأن رصاصًا سيصيبك فور النظر لي.

Why are you doing that ? -

- معملتش حاجة والله ما أقصد أزعلك

- بتقوليلي كلام يرجعني لورا..

كان صوتك محاصر بالبكاء ولم تبكِ، فبكيت أنا نيابة عنك..

ماذا أفعل مع ماضيك انفصال والديك، يليه موت أمك، وقصة حب لم تكتمل؟

أتدري مرارتي بعلمي بأن جزءًا منك يحن لغيري؟

أتجاهل حقيقة وجودك بجواري لأنك تراني فرصة تخشى زوالها لا أكثر أو أقل.

ولكنك تضيعني يا صفوان..

تركت أوجاعي جانبًا، تحسست ذقنك الرجولية المهذبة.

- آسفة

- مش هتبعدي صح؟

- أنت بتبعد

- توعديني إنك مش هتبعدي؟

- وعد

تتهرب من فكرة البقاء وتخشى بُعد من تحب. تريد الكثير ولا تعطي القليل.

نظرت لي وتغيرت ملامحك ومالت للسكينة "ريما اللئيمة" فوكزتك لتكف عن تدليلي بتلك الكلمات. كنت أكرهها منك دائمًا حتى صرت بحاجة لسماعها فأنت لا تقولها إلا وأنت راضٍ عني.

مر اليوم وكأنما لم يكن فيه خلاف. رجعت لمنزلي متعجبة من حالي، لا أعرف إن كانت شكواي منك أم مني.

كانت آية تبكي في زاوية المنزل ونادرًا ما كانت تجهش هي في البكاء.

- أنتِ بخير؟

أعطتني هاتفها لأجد صورة كريم حبيبها السابق برفقة أخرى.

احتضنتها فلا خير في كلام بعد فوات الأوان. غريب هو الإنسان.

كانت آية تحبه بطريقتها الخاصة... كانت على نهج صفوان، أرادت جعله يصدق أنها ليست بحاجة له وأنها كاملة متكاملة لا ينقصها صحبة أو حبيب.

كان في خيالها وجوده دائمًا خوفًا من خسارتها، وقد طفح كيله منها.

لا يمكن للرجل أن يشعر أنه لا يكفي لأنثى.. الرجل يحب الهيمنة ويحب أن يكون حامي الحامين لفتاته.

بغت آية علاقة حب تضع هي قواعدها.

في يوم ما تأخرت آية عند صديقتها وتشاجرت مع أهلها بسبب التأخير ومن أجل حل الموقف ذهب لها كريم بسيارته ليرجعها لمنزلها لأنه كان يستحيل أن تجد وسيلة مواصلات في هذا الوقت وكان قلبه يعتصر خوفًا عليها إن ركبت مع غريب في وقت كهذا. انزعجت هي وصرخت عليه ورفضت تدخله في أمر كهذا ورأت أنه يتدخل في مواعيد رجوعها للمنزل ويريد فرض سيطرته عليها.

سمع كريم صوت أمر ما انكسر.. ربما كان قلبه الذي أحبها.

نظر سائلًا إن كانت تحبه فأخبرته بالطبع.

سألها عن سبب حبها له فكان جوابها لأنه يحبها.

لم يكن سببًا كفيلًا للحب من وجهة نظر كريم. هي أحبت وجوده وأحبت كونها مرغوبة. رجعت هي للمنزل، ورجع هو لمنزله يجمع بقايا قلبه.

اختفى وقتها عن الأنظار وحظرها من جميع وسائل التواصل الاجتماعية وأزال رقمها.

رفض صفوان التدخل وحذرني من التدخل.

كان يعتقد أن جميعنا يجب أن يتجرع كأسًا مما صنع.

وما الذي تتجرعه أنت يا صفوان؟ ولماذا أتجرع أنا كأسًا من العذاب في سبيل حبك؟

- آية اللي فات مات

- بالنسبة ليه مش ليا... أنا بعد ما خسرته استوعبت حبي ليه.

لم يكن في مقدرتي إخبارها بأن الوقت قد فات.. هي ذليلة الذكرى، تذوق مرارة الاختيار، ونفسها اللوامة دائمًا ما تبقيها يقظة نادمة على ما جعلته يشعر به..

أرى فيها صفوان.. أخاف أن أبتعد فيشعر بالندم بعدها مثلما تشعر هي الآن أنا أعرف أن الرجال أكثر طيشًا ويزدادون تهورًا يومًا بعد يوم، ولكن يحين وقت ما للرشد.

أنا في انتظار رشدك يا صفوان أتألم الآن خيرًا لي من أن تتألم أنت في المستقبل.

***

حل هدوء الليل ودخلت غرفة آية لأطمئن إن زارها النوم فوجدتها ترتعش نائمةً.

لم أكن على علم بما يفعله بنا الحزن...نائمة هي وليست بنائمة تهمهم بكلمات غير مفهومة و لا يزال مجرى دموعها واضحًا على خديها.

ربت على كتفها فاحتضنتني دون أن تشعر.

كانت كرضيع ينتظر حضن أمه، وكبر الرضيع ورحلت الأم.

ذهبت لغرفتي لمهاتفة صفوان

I thought you would stay with her. -

- أنتَ كنت عارف إنه هيخطب؟

كان رده على سؤالي بأنه لم يكن على دراية بموعد الخِطبة، ولكنه كان يعرف بحقيقة وجود من يحبها.. صمتُّ قليلًا فعلَّق على الأمر بأن الوضع اتخذ طريقه الصحيح فحينما نُجرح نظل ننزف دون توقف وربما يموت البعض نازفًا والبعض ربما يُسعف. لحسن حظ كريم أنه بعد طول النزيف وجد من يُسعفه.... أو هكذا يتظاهر كريم، لا يمكن للمرء أن يبقى سجين كلمة أو وعد حلَّق في السماء دون رجعة.

انتهت مكالمتنا بنعاسك تمامًا كعادتك، نمت أنت وتركتني شاردة في ذكرى كلمة.

حين تعارفنا كنا في عامنا الدراسي الجامعي الرابع، أخبَرَنا الجميع أننا متفقان تمامًا. كان الكل يحب حديثنا ونقاشاتنا، وجدونا متفاهمين... لم يعلموا بأن الحب بالفعل سلب قلبك، ولكن مع أخرى.

كنت تحدثني عنها كثيرًا وأنا في ذلك الوقت لم أكن حتى معجبة بشخصيتك للحد الذي يجعلني أغار من كلامك عن أخرى.

كنتما انفصلتما فقط منذ شهرين، اختفيت أنت في الشهر الأول مخبرًا الجميع بأنك مريض ولديك الكثير من الأشغال ولهذا لا تستطيع النزول للجامعة.

أحببتها أنت للحد الذي جعلك تتركها " أخاف أكمل أكرهها".

ترك المرء لما يحب خوفًا من خسارته هو أسمى معاني الحب وأصعب أنواع الفقد.

كان الحنين يملأ صوتك " سايبها وقلبي معاها يا ريما"

كانت تلك الجملة ترافقني يوميًا فهذا واقعنا أنت معي وقلبك معها حتى وإن تظاهرتَ بالعكس.

تركتها أنت لأنك بدوت أمام نفسك غير كافيًا لها "دائمًا شايفاني ناقصني كتير... فلوس، اهتمام... مهما أعمل مبقاش فارق"

تلك اللحظة هي نهاية العلاقات أن نفعل كل ما بوسعنا لإرضاء من نحب دون جدوى.. ظننت بأن بعدك عنها سيريحها منك وسيجعلك على اتصال بها. لا تأتي الرياح كما تشتهي السفن يا صفوان فلقد اختفت كليًا وبقيت أنا لك تسرد لي حكايات حبكما وتعيش أنت في قفص الكلمة.

حمقاء أنا خِلتك ستحبني كما أحببتها..

بعد أشهر من كلامنا أرسلت لي فجرًا "وأنا قاعد لوحدي حسيت إني معجب بيكي لجزء من الثانية"

اتصلت بك وسألتك عن معنى رسالتك فأجبتني أنه ربما بعد سنوات سيكون لنا نصيب.

كنت أول من يطرق باب قلبي يا صفوان.. بعد سنوات من الامتناع عن أمر الحب والتخلي عن فكرة الزواج تأتي أنت برسالة غبية كتلك

"جزء من الثانية"، وأقع أنا في غرامها.

أكملت كلامك بأن حبنا له شكل مختلف لم أفهم ما معنى أن يكون حبنا مختلفًا... قلت لي بأن ماضيك يعوق لك الطريق.. حبيبتك ما زالت في ثنايا قلبك.

وقف عقلي عن العمل "حبيبته؟" ظننت أنني سأكون حبيبته.

أخبرتني بأنك أحببتها حبًا جمًا وأنني أعرف الكثير عن تلك العلاقة.. قُلت لي :

- اعتبريها كانت مراتي وإنها ماتت وأنا بحبها.

تخبرني بكل برود بأنني سأمتلك نصف رجل ونصف قلب!

- أنا عارف إن كلامي صعب بس علشان مفيش يوم نتكلم فيه تاني

كلامك كان قاتلًا ليس فقط صعبًا يا صفوان القلب.

- أنا معاكي والله هحاول أتغير وأنسى كل الماضي بتاعي.

- لحد امتى هفضل أنا بين البينين ولا أنا معاك ولا بعيدة عن هواك.

كان كلامك تصبيرًا لي... أتذكر بكاءك وقتها

جبل هُدم في لحظة. كنت تحمل الكثير على عاتقيك لم تخبرني يومًا ببقية ماضيك.

- لو عايزة تسيبيني والله ما هلومك بس أنا بقولك هحاول أكون ليكي لوحدك

تعجبت بكاءك وتمسكك بي، استغربت استسلامك كغزال ركض الأميال هربًا من النمر، ويأس قبل أن يصل للأمان.

وها أنا بجوارك لعامنا الثالث يا كسار قلبي.

***

في الصباح الباكر أيقظتني آية من موتتي الصغرى "يلا نرجع مصر نحتفل برأس السنة"

لا يمكن لهذا الصوت الذي يحمل الكثير والكثير من البكاء أن تكون حقيقة نزوله لِمصر هي الاحتفال. حين نخسر الأشياء نرجع لمسقط رأسها.. أحبت كريم في مِصر، هي تريد الذكرى.

كيف يمكن أن تكون سجين ذكرى؟

ذكرى وُجدت ولمستها بيد مستبصر ثم ماذا؟

وكأنها لم تكن.

قد يفقد الإنسان شغفه وأمله في ذكرى. ذكرى كانت له حياة.

خطأ أن تكون سجين ذاكرتك، والخطأ الأعظم هي كلمة رحيل لم يتم قولها حين آن الرحيل.

قد يقف المرء ناظرًا للوحة حياته فيجدها ملطخة هنا وهناك فيبتعد أكثر فيجد أن التلطخ هو ما أعطى اللوحة رونقها.

تلك هي الحياة كلما اقتربت لمست السيء، ومن بعيد ستجد أن سيئها هو ما صنع حلوها.

الحياة هي ال "ين يانغ" حلوها في مرها ولينها في صلابتها...

لم أناقشها في قرارها فبعض الأوقات لا يمكن للمرء سماع الناس فيكفيه طنين التفكير. "ماشي يا آية".

اتصلت بصفوان، ورفض رجوعي لمِصر ظنًا منه بأن آية تحركني كدميتها. يقول لي أنني أخاف على حزنها وتركها وحيدة أكثر من خوفي عليه وكأنه نسي سبب وجودي الحقيقي في تلك البلاد.

بعد إلحاح طال لأكثر من ساعة وافق على رجوعي...

رتبت أغراضي في حقيبة السفر... وجدت صورة طبعها لي صفوان في ذات يوم، كانت تلك أول صورة لنا سويًا في بداية علاقتنا.

تساءلت إن كنت من محبين السفر عبر الزمان والمكان فأغير واقعًا قد كان. هل كنت أغير ريما المتيمة بك يا قهوتي؟

هكذا أنت... أدمنتك كقهوتي رغم مُرها وصار الشفاء منك معجزة لا يقدر عليها إنسي أو جان فقط الرحمن.

حجزت آية تذاكر الطيران لليوم التالي. سافرت كأم تاركة فتاها وحيدًا. كم أنا قاسية حقًا يا صفوان، ولكنك كبرت على أن تدللك أمك..

مشكلتك أنني لك كل حياتك... وأنت لا تشعرني حتى بأنني صفحة من كتاب ذكرياتك.

ذهبت بدونك للمطار فلقد كان لديك الكثير من الأعمال كما تقول.

كانت الطائرة على وشك الإقلاع حتى وجدت من يهمس في أذني "مقدرتش أسيبك لوحدك"

ابتسمت آية لأول مرة دون أي جدال وبدلت مقعدها معك "انسحب أنا من لحظات الغرام دي علشان عندي حساسية"

جلست بجواري ممسكًا بيدي. رغم تحليق الطائرة في السماء شعرت بأنني أعلى منها.. وكأن أجنحة الفرح اختارتني اليوم لأحلق بأريحية.

كنت متعبة للغاية متعبة منك ومن البعد عمن أحبهم فنمت لأول مرة منذ فترة طويلة في طمأنينة على كتفك رغمًا عني ...

صوت وقور همس في أذني "وصلنا"

ابتسمت لك فمن الطريف أن صوتك يتغير حسب المناسبة. في الفرح يبدو كصوت طفل، في الجدية تخشوشن بشكل يتعجب له الرجال، في الغضب مني...تمامًا كخنجر سام، طعنة منه تفقدني القدرة على الرد وتخرج مني الروح جاهلة بوقت عودتها. شاكية منك وبك مستجيرة.

كنت أكتب كثيرًا على وسائل التواصل الاجتماعي حتى ذاع صيتي تحت اسم مستعار "راجية".

نشرت أولى رواياتي وأهديتك نسخة منها. قُلت لي بأنك فخور بي وأنك تراني نجمة العام في عالم الأدب. كدت أبكي من شدة فرحي بنجاحي وكلامك لي.

بعد يومين سألتك عن تفاصيل روايتي فلم أجدك منها غير قرأت خمسين صفحة من أصل ثلاثمئة. بررت هذا بانشغالك في العمل. تظاهرت بتصديقك متجاهلة خروجك مع أصدقائك وسهرك المتكرر يوميًا.

الآن فهمت قصد "فيروز" حين أعطاها حبيبها (وردة) وأعطته هي (مزهرية). مشكلتها لم تكن في قيمة الهدية فلقد بررت حزنها بأنها اهتمت بهديته وهو لم يرعَ ما وهبته. تمامًا كحالي، وهبتك كنز بالنسبة لي فصار الكنز معك رملًا. أخشى أن أذبل معك كتلك (المزهرية).

وصلنا المطار وابتعدت أنت عن الأنظار حتى لا يراك أهلي.

أتى معهم ابن خالتي الذي تبغضه رُغم أنني أراه يعاملني برفق لا أكثر فلقد كنا أخوة منذ صغرنا، ولكنك دائمًا ما تثور وتلعن سذاجتي. فلا أجيد سوى طمأنتك بأني لك.

ركبت آية مع أخي السيارة بعد إلحاحه على توصيلها لمنزلها. وركبت أنا مع أبي وأمي وابن خالتي. راسلتني طيلة الطريق وتكاد الغيرة تفجر عقلك.

كم أحب أن اراك في هذا الحال، ولكن كلام غيرتك قاسي يا صفوان.

تحب الفتاة رؤية رجلها يغار، ولكن الوضع معك صعب تقول لي بعد كل مرة " أنتِ عارفة إن أنا عصبي بس طيب" صدقت قولًا وفعلًا، وإلى متي يتوجب علي تحمل نوبات غضبك؟

أتصل بك بعد انتظارك لساعات ليلًا فتجيب وأنت وسط صخب أماكنك التي لا تشبهني منزعجًا مغضبًا فتقول لي " can I have a space?"

هل هذا جزاء قلقي عليك؟

أصمت أنا فتكمل أنت كلامك وكثرة الشرب تملأ صوتك... أغلق أنا المكالمة لأحاول نسيان حقيقة ما أنت عليه.

فيك الشر وفيك الخير... وأنا حائرة وسط رذائلِك وفضائلك.

- أنا مش ملاك

- ومش شيطان يا صفوان

الوضوح في البعد والكراهية خيرًا من ادعاء المحبة. تتظاهر بأنك تطلق سراحي وأنا تربطني. أنا كالذي ركب موج ألاف الأميال وتاه وسط المحيط لا هو على علم بسبيل العودة ولا على مرأى بكيفية الوصول.

انتهت مناوشات اليوم بالهدوء في المنزل عقب رحيل الأقارب ولم يتبقَ الكثير على رأس السنة الميلادية فقط يومان.

اتصلت وبادرت أنا بالكلام

- أعشق غيرتك

- تمام

- تمام!

- أقولك إيه؟

- متقولش خلاص يا صفوان

- تمام

سيصيبني هذا الكائن بالجنون.. ليته يصرخ أو يتكلم، فقط يبتسم أو يلجأ لكلمة "تمام"

أنا لا أحب الشجار، ويحرقني الشجار الصامت.

عجيب أمره... أوصلني قريب برفقة أبي وأمي فعاملني كالمتلبسة في فراش عشيقها.

ظل صامتًا وأسحب أنا الكلمة تلو الأخرى من فيهِ كعادتي حتى تحسست هذا الحجر الأملس.

تجعلني أشمئز من ذاتي في كل مرة تمارس فيها علي طرقك المتنوعة في العقاب كالصمت و الهجر.

متجهة أنا نحو سراب، أبتسم إن شعرت بالاقتراب... وراكضة نحو ما تركني بلا رجعة.

في واقعي الحزين أنا دائمة الركض يا صفوان، أركض خلف كل مخلوق وكل أمل مقطوع. أصدق حقيقة أن للسعي حتمية الوصول وأتغافل كوني أسعى في الاتجاه الخاطئ.

كنت طفلة وحيدة لا يحب الأطفال اللعب معها فكبرت وصرت اجتماعية وأصبحت لي من العلاقات ما تكفي قبيلة.

خشيت أن اعود لوحدتي وعزلتي. فتأسفت لهذا ورضيت هذه حتى وإن لم أكن المخطئة.

لم أكن مدللة أهلي، ولم أكن الصديقة الوحيدة لصديقتي الوحيدة. كنت دائمًا الخيار البديل.

أنت لا تدري وجع كونك بديل إخوتك وأصدقائك... وحتى المعشوقة البديلة.

أنا أُستنزف يا صفوان. انقذنِ بحق كلمة حب قلتها لي.

أريد الشعور بأني وحيدة أحدهم أن أكون له الكل وإن تظاهر هو بذلك صدقني سأُقنع نفسي بتلك الأكذوبة.

كلانا يتظاهر بالصلابة، والفرق بيني وبينك أنني أتظاهر بالقوة أمام الجميع إلاك وأنت تصب بكل ما بك من قوة وغضب علي.

"هنخرج بكرة"

بكل تلك البساطة! تجادلني بالساعات وتنهي الجدال وقتما تريد.

إن قلت "لا" ستقول بأنني من أريد جدالًا ونحن على مقربة من احتفالية تتكرر سنويًا فقط...

- ماشي يلا ننام

Stay with me until I fall asleep. -

- اعدل لسانك الأول احنا في مصر

- خليكي معايا لغايت لما أنام

بعد دقائق بدأ صوت أنفاسك بالتزايد... مغرمة بتلك اللحظة التي أرغمني القدر عليها.

كانت أمي تقول لي بأن أبي لم يكن هينًا لينًا فيما مضى، ولكن بعد الزواج تغير.

تقول لي بأنها عانت في بداية زواجها من طيشه.. في الواقع إن كان الزواج يغير الرجال لنسخة من أبي فيا ليتهم يتزوجون جمعًا.

أتى أخي "حليم"، وبعده أنا وتلتني "مليكة".

تسعة وعشرون، ثلاثة وعشرون، تسعة عشر، تلك هي أعمارنا تباعًا.

لم يتزوج أخي بعد ليس بسبب قلة في مال أو ضيق من حال، بل أخي ليس من هؤلاء الذين يحبون التعرف على النساء. خُلق للعمل بجد والخروج مع الأصدقاء. رأيت منه حبًا كثيرًا... أشهد له بكونه سيصبح زوجًا مثاليًا. لا أستطيع أن أتخيل حياتي مع رجل لم يكن يتقِ الله في أهله.

تُرى كيف كنت لتتعامل أنت مع إخوتك يا صفوان إن وُجدوا.

غلبني النعاس فراودني هذا الكابوس مجددًا.. ظل أسود يجري خلفي في نفق نهايته طريقان كلاهما معتمان أقع فأخشى النظر إليه خوفًا منه فيقترب لاذني هامسًا "الطريقين مش مسدودين كل واحد ليه نهاية اختاري نهايتك".

أستيقظ لأجدني أتصبب عرقًا.

طريقان لهما نهاية ولا منهما من طريق موصد.

لا أدري هل أتعجب وجود أكثر من خيار لي.. أنا التي ظننت كل الطرق تؤدي إلى روما.

أم أنني أخشى النهاية؟

ربما أخشى اتخاذ القرار.

نظرت لهاتفي لأرى الساعة... إنها الثانية عشرة ظهرًا، ولكن ما هي تلك المجموعة التي أنشأها "بيشوي".

قاطعتني آية باتصالها "شوفتي ال group اللي بيشوي عمله؟"

- لسا كنت بشوفه

- ده فيه صحابنا من أيام الكلية عايزين يحتفلوا برأس السنة بكرة معانا

- حلو

- اعملي حسابك هننزل نجيب لبس بالليل

- ماشي

أمعنت النظر في أعضاء المجموعة ففهمت سبب حماس آية.

أخشى من تلك اللحظات.

حالة من اضطرابات المشاعر تجمعنا بمن كانوا يومًا ولن يكونوا اليوم.

ستحاول آية أن تبرز أنوثتها وستفعل أشياء ليست من خصالها.

ارتديت ملابسي وانتظرت أسفل العمارة ليصطحبنِ صفوان.

أتى بسيارة!

- اركبي

- عربية مين؟

- واحد معرفة

- حلوة المعارف اللي بتدي عربياتها للناس دي

ذهبنا لنفطر ونشرب قهوة كما أحب أنا.

جلسنا في مقهى هادئ، كنت شاردة في النافذة أنتظر صفوان ليأتي بالقهوة، أتابع الناس وأفعالهم... لا أقصد التطفل، ولكن أحب ان أرى الناس وأنماطهم.

- شايفة الراجل اللي لابس أسود ده

- خضتني.. ماله؟

- شكله نازل وهو متخانق مع مراته.

- عرفت ازاي

- ماشي بيكلم نفسه

- وهو أي حد بيكلم نفسه يبقى متخانق مع مراته؟

- اه زي ما بيحصلي بعد كل خناقة معاكي

- هات القهوة علشان شكلك فايق وأنا لسا عايزة أفوق

- امسكي... بصراحة الراجل ده كان واقف معايا وانا بجيب القهوة فسمعته وهو بيكلم مراته في التليفون.

ابتسمت لك وأخذت رشفة من قهوتي في هدوء.

ابتسامة وانعدام عن الرد! أصبحت أشبهك للحد الذي يخيفني يا صفوان لا أريد ان أرد لك ما تصنع بي، أريد أن أكون كما أنا ريما... أن أكون هذا الظبي الصغير.

- أخدت بالك من موبايلك الصبح؟

- قصدك اللي بيشوي عمله؟

- اه.. بصراحة أنا خايفة على آية

- لازم تواجه لو عاشت بتهرب مش هتعيش.

هل تتحدث عن أمر آية أم عن نفسك يا صفوان.. أنت لم ترَ "جوزين" منذ انفصالكما. أنت هربت منها إلي... علاقتك بي تتلخص في كلمة "ملجأ" تترك كل ماضيك، أوجاعك، وهمومك وتأتي لملجأك.

تلك الفتاة ابنة الأم التركية والأب المصري.. "جوزين" حلمك المتحول لكابوسك.

أتذكر كلامك عنها "جوزين معناه المميزة وبصراحة هي مميزة حتى فراقنا كان مميز"

"كيف الهروب؟"

نخلد للنوم فتزورنا مهاربنا، نخرج لمكان ما فيصادف وجودنا فيه يومًا برفقة هؤلاء التاركين.

أنا أخشى عليكَ وأخشى علي منكَ.

استكملنا حديثنا وبعد تناولنا الغداء طلبت من آية المجيء إلينا لتشتري ما تريد.

رميت عليها أنت السلام عند وصولها إلينا.

أتكرهها يا صفوان أم تحاول أن تتقبلها كونها صديقتي المقرب؟

تقول لي لا تكوني مثلها وتجد لها عملًا في الخارج لتكون لي جليسة.

تلك هي الحقيقة... ربما.

أنت أردتني بالجوار وأردت من يلهيني عنك فاخترت جلبها.

خيب ظني يا صفوان وكن هذا الراجل الذي أحلم به.

سألت صفوان إن أراد الرحيل، ولكنه أراد البقاء معنا.

تبتسم تلك الفتاة المبكية وتحاول خداع صديقتها المقربة، هي لا تخدع إلا نفسها.

أثناء التسوق خرجنا من المتجر لنجد صفوان قد أحضر لنا المثلجات واختار النكهات بعناية.

ماذا بك يا صفوان أتدعي القسوة أم اللين فلا يمكن أن يحمل المرء كلتا الصفتين في الوقت ذاته.

تلك اللحظات التي تكون فيها شَفوق تشعرني بأني في السماء السابعة، وفي لحظة تَجَبُّر تدركني لأسفل سافلين.

كن لي جابرًا لخاطري ولا تكن علي جبارًا قاسيًا يا صفوان؛ فلا يمكن لطفلتك تحمل قسوتك..

دائمة القول هي آية "أنتَ مش مفهوم يا صفوان"

فتظهر شخصية المِبسام خاصتك. وكأنك تعشق أن تظهر غامضًا.

صفة كرهها فيك الجميع تكن لك وسام شرفي!

"let's watch a movie Infront of Nile.”

رحبت آية بالاقتراح، واقتربت لأسألك عن سببه. فكان جوابك بأنك تشفق على حالها وتريدها في حال أفضل حتى وإن كرهت بعض الخصال فيها.

- طب وأنا مبصعبش عليك؟

قبلت جبيني وهمست في أذني "طول ما أنت معايا فأنتِ صعبانة عليا"

- طب وأخرتها؟

- خير...

تُرى أي الطريقين أنت يا صفوان أم أنك هذا الظل الذي يطاردني يوميًا؟

تحركنا لوجهتك.. وبصراحة تامة كان المكان ساحرًا وهادئًا. اختياراتك تشبهك كثيرًا، وهل أشبهك أنا؟

شاشة كبيرة أمام النيل ومجالس تتخلى عن الكراسي فنجلس على الأرض بمساند وضعوها لنا خصيصًا.

الإضاءة أساسها الشموع... بجوار كل رفقة شمعة تطفأ أثناء الفيلم ويشعلها من أراد إن لزم الأمر.

لم تكن بسينما، كان مكانًا تخلى عن التكنولوجيا فلا مزيد من الهواتف.

فقط جلوس في الهواء الطلق، مستلقين ناظرين للمعان النجوم أو نشاهد فيلمًا.

يا الله كم أردت أن أشم هواءً نقيًا، وأتخلى عن صخب المدينة.

لا تنظر لي بتلك العيون البنية يا صفوان.. ضوء الشمعة على وجهك ولحيتك يجعلني أتمسك بك أكثر وأتنازل أكثر؛ حتى نكون تحت سقف واحد فأرى هذا الوجه يوميًا.

كان شعرك مرتبًا... تظاهرت بأن به من خصلة فارقت إخوتها فتحسست شعرك لأعيدها مجددًا..

في تلك اللحظة أتت آية ومعها الفُشار.. ارتبكت أنا كسارقة فضحكت أنت.

- بتضحكوا على إيه؟

- ولا حاجة بس صاحبتك ريقها ناشف محتاجة تشرب.. ما تقومي تشتري ليها مياه.

- لأ خلاص أنا كويسة.

لا تنظر لي بتلك النظرة الصبيانية يا صفوان.. أقسم أنني سأضحك ولن أجيد التبرير.

تجاهلتك وبدأ الفيلم، وبدأنا في الانسجام معه.

اخترت لنا فيلم "أنت حبيبي".

جلسة كلاسيكية كما أحبها أنا. أخبرتك مرارًا بأنني أحب أفلام الأبيض والأسود، ولم اخبرك يومًا عن حبي لهذا الفيلم.

تعرف الوفير عني وقلما ما أعرفك أنا.

لن أحمل نفسي فوق طاقتها تلك المرة؛ فالأمر طبيعي كيف لي أن أعرفك وأنت تبطن كل الأمور في نفسك؟

دعنا نكمل التحفة الفنية في سلام.

هذا الفيلم وصفه النقاد بالعار على حياة يوسف شاهين وأنه فيلم تجاري لا أكثر، حتى كرهه يوسف شاهين وندم على ما قدم، ليتفاجأ مع مرور الوقت بأنه عمل خالد توارثته الأجيال، وصار علامة كلاسيكية من خمسينات العِقد الماضي.

تشبهني شادية في تلك اللحظة التي تغنت فيها بكلمات البعد كمزحة منها "وحياتك تبعد عني وتسيبيني علشان أرتاح". تلك هي كلماتي لك دائمًا فتقول لي أنا لا أرحل أنا هكذا وأنت تحبينني هكذا إن أردتِ الرحيل فعليكِ السلام.

مشكلتك هي ضمان وجودي أنت تعرف أنني لن أرحل ولست أنا من في يده إنهاء علاقتنا؛ فلقد تشابكت يومًا عروق يدك بيدي فصارا يتشاركان الدم ذاته. أنت بسهولة يمكنك الانفصال عني فأنت من تتغذى علي... حين تنتهي مني ربما تتركني. أما أنا فلا حول لي ولا قوة... البعد عنك موت والقرب منك ممات بالبطيء.

انتهى الفيلم وحلَّ موعد الانصراف وعدنا جميعًا للمنزل بعدما أوصلت كلتينا للمنزل وأخبرتني قبل خروجي من السيارة بأنني تغلبت على نجوم السماء فكان توهجي لا مثيل له اليوم.

كانت مكالمة تلك الليلة فريدة من نوعها، كنت هادئًا للحد الذي يخيف من اعتادك في جَهَامَتك.

أتساءل دائمًا إلى متي سألتمس لك الأعذار وإن كانت الحقيقة بازغة أمام الجميع. أتدري...؟ أنا أعرف أن علاقتنا ستكون في مهب الريح، ولكنني أخشى أن يكون بعدي بطشًا لك. لا أعرف إن قررت الفراق هل ستتقبل هذا أم ستخر باكيًا كطفل في يومه الدراسي الأول...؟

ستشتاق تملكك لي وستعلمك السنوات التعود؛ فهذا الطفل الباكي في يومه الأول هو ذاته من يطلب الاستقلال في عقده الثالث.

***

في اليوم التالي كان الكل يستعد لهذا الاحتفال السنوي، باشرت ارتداء ملابسي وتزينت لأكون جاهزة قبل اللقاء المحدد.

فستان أسود مخملي بفتحة صغيرة من الأسفل لفتح الستار على الحذاء الذي زادني نعله بضع سنتيمترات للسماء فأكثرني شموخًا، كُسي الفستان بفراء فاقم السواد وعِقد فضي ليكتمل الزي الملكي.

تسللت خصلات شعري البني أمام عيني في لحظة وصولك. اقتعدت أنا في سيارتك ونظرت لي متفحصًا "احنا مش في أوروبا"

ابتسمت لك بأسى.. تغار لأنك تراني جميلة ولا تهديني من القول جميل.

انتظرت أن تقول لي كلام رقيق يداعب الوجدان، ولكن دون جدوى فقط أمسكت بيدي في هدوء دون حتى النظر لي.

هل واجب علي التضرع لكي لا تفقدني ثقتي في نفسي يا صفوان!

من يراك تمسك بيدي سيظن أن علاقتنا رائعة ومدهشة، ولكنها ليست هكذا.

مررنا على آية وكانت في رونقها، بريئة الملامح هي آية ليست بصارخة الجمال، ولكنها جذابة للحد الذي يجعل صورتها محفورة في عقل الناس.

سندخل الآن للمطعم الفاخر الذي حجزه لنا بيشوي..

استقبلنا النادل باحترام.. في الواقع التعامل معهم بالنسبة إلي يكون صعب فهم يبالغون في إبداء الاحترام خوفًا على انقطاع رزقهم في المكان، لا أحب هذا. كيف لي أن آمر شاب في سني ويبالغ هو في احترامي رهبة من مديره؟ أشعر بالضيق من مواقف كهذه وأخشى أن يعاملهم أحد بتعالي فيُكِن في نفسه شيء من الضيق. أوصلنا لطاولة طويلة وها هم جزء من رفقاء الماضي سبقونا.

تعاين آية الحضور بتحفظ.. تنظر ليد الحاضرين بتمعن فهي على دراية بكل تفاصيل كريم... تخشى رؤية الوجوه فترتطم عينها بعين كريم.

لحظة كفيلة بإعلان الهزيمة.

تسلك دربًا من بعدهم وحيدًا وفي لحظة عبثية تجمعك بهم الحياة والمفترض أن تتواجد معهم في نفس المكان وكأن ما كان لم يكن؟

كيف يمكن للمرء أن يصف أنه مُتعب وخارت قواه لمن تسبب بتآكل روحه؟

يتحامل المرء، يتجلد، يتظاهر بالثبات والقوة... ينفي ضعفه ويحاول البدء من جديد ومن ثم يكتشف أن التظاهر لا يغير حقيقة انكسار قلبه.

اطمأن قلب آية لعدم وجوده وأقسم أنا بأنها تمنت لو ألا يأتي الليلة.

واجهيه يا آية وأنا هنا معكِ أستقيم لكِ إن مال ظهرك.. أسندكِ ولو احتجت أنا المساندة.

اغفرِ لنفسك واغفرِ له كونه قد مضى وكأن الذي بينكما كان سطرًا في رواية، لا يمكن للمرء المكوث والبكاء على ما قد فاته هو تجاوزك فتجاوزيه أنت أيضًا.

ها هو "زياد" برفقة خطيبته على ما يبدو.. في الواقع لا أعرف من تكون، ولكن خاتم الخِطبة في يدها اليُمنى وتجلس بجواره... وبيشوي الذي ترأس المجلس وبجانبه زوجته "ليديا"، تلك المجموعة لا تزال على صلة ببعضهم البعض فطالما كان زياد صديقه الصدوق.

رمينا السلام والتحية فردوها بسلام اليد وتقبيل لنا.

لا يحب صفوان التقبيل، ولكنه يتقبل الوضع إن كان من قريب...في الواقع هو لا يتقبله على أية حال. يحاول الفوز بقبلة مني دائمًا، ولكن دون جدوى.

يشمئز من الجميع ويأتيني متوددًا لنيل قبلة صغيرة، فأتركه خائب الرجاء.

بمجرد أن أَنَاخَ صفوان هلَّ "نور" الذي سبقنا إلى مصر قبل نزولنا بأيام.

نور هو الصندوق الأسود لصفوان يعرف تفاصيله كلها على ما أظن أغار منه إن شعرت بفهمه لصفوان أكثر مني. سافر مع صفوان ليكون رفيقًا في الكفاح والغربة.

احتضنه صفوان عند رؤياه.

بالطبع يجب أن تضمه.. فهو شريكك حتى في أفعالك اللاأخلاقية وسهراتك ونزواتك. حين تفقد الأمل في إصلاح ما أتلفت تسلطه علي ليتدبر الأمر حتى تستفيق من سكرتك يا صفوان.

عاداتك السيئة لا تُعد ولا تُحصى وأفعالك البريئة القليلة هي وسيطك عند قلبي.

تكلمنا عن الذكريات وحكايات الجامعة وعن بداية علاقة كل منّا بالآخر...

تمنيت عدم مجيء تلك اللحظة، ولكنها تقترب.. ينظر بيشوي لأصابع يدي ويطرح سؤال مؤلم... وسيزيدني ألمًا جواب هادم الأحلام القانط بجانبي.

- مش ناويين ولا إيه يا عم صفوان

تجاهله صفوان وتظاهر بعدم السماع..

- هو لسا بيعمل فيها أطرش لما الكلام ميكنش على مزاجه؟

وامئة أنا تأكيدًا على كلامه.

صمت الجميع للحظة مرت علي كسنوات يا صفوان، شعرت بأنني عارية تمامًا أمام الجميع... الكل يعرف بحبي لك ويعلمون تهربك من المسئولية. لماذا يشفقون بالنظرات؟ قل كلمة تُرمم بها قلبي الذي يكاد ينهدم كمبنى طال انتظاره ليُرمم.

أمسكت آية بيدي وحاولت تغيير مجرى الحديث لكنهم مازالوا صامتين، وتلك المرة احترامًا لجلالة الموقف الذي سيدور الآن؛ فلقد دخل هيثم الذي أتى على حين غفلة بعدنا من لندن ليكمل الضلع الناقص من مثلث برمودا... صفوان، نور، وهيثم ... الفُجاءة جاءت من دخول هيثم مصاحبًا لكريم وخطيبته.

لنبدل الأدوار يا آية فأضع يدي فوق يدك التي أمسكت بي.

حالة من رعشة اليد شعرت بها في آية. على حين غِرَّة يتوجب عليك التماسك. ارتفع صوت أنفاسها ونظرت للطاولة وكأنها تحاول إحجام الكريستال في عينيها فلا يُكسر ويكسرها أمام الجميع إن هرب من العين.

موجع هو هروب آية من الذي كانت تهرب له يومًا.

لو نعلم كون النهايات هكذا ما كنا شرعنا في البدايات...

- ريما أنا سقعانة خليكي ماسكة إيدي

تلك البرودة مصدرها محاولة اقتلاع من نحبهم من قلوبنا، نشعر بعدها بفراغ كبير يتخلله هواء اليوم الأخير من برد ديسمبر.

تحاملت آية ونظرت على ذراعه المتشابك بذراع تلك الفتاة.

بارك له الجميع حتى أتى دور آية للمباركة

ارتجف صوتها وهي تحدق في عينيه "مبروك يا عريس.. مبروك يا عروسة"

ضعف يرتدي سترة القوة. دقائق وهمّت بدخول دورة المياه ولحقت بها.

احتضنتني بشدة ولم تنطق ببنت شفة... كانت تريد الشعور بالأمان وأن تستعير طاقة المواجهة.

رجعت بخطى ثابتة لمجلسنا.

لِما لا نتقبل حقيقة عجزنا، وما العيب في أخذ قسطًا من الراحة؟

نحن بحاجة لتخطي فترة الهوان تلك بالمكوث وحيدين ولو لبضع يوم.

الاعتراف بوجود مشكلة هو أول طريق لحلها. لا يمكن أن نبذل كل يوم أضعاف قدرتنا فقط لنبدو بحالٍ جيد.

هذا السم لا يخرج بالتظاهر بعدم وجوده، نحن بحاجة للاعتراف بوجعنا وأن نبكي ونصرخ...حينها فقط قد يزول.

نبتسم ونعيد الذكريات وكلتانا تقتلهما الذكرى.

أنا ذكرياتي كحاضري ما من تقدم ملحوظ في علاقتي به فقط تغيرت الأماكن. وآية تعيش مع أحرفهم وتضحك على ما قد آلت إليه حياتها.

اتصلت بي خالتي فخرجت من المكان لأسمعها جيدًا.. كانت تقول كلمات المصريين التقليدية "ازيك يا عروستنا" "مش ناوية تخلينا نفرح بيكي ولا أتصرف أنا؟" وأنهت كلامها بإخبارها لي بأنها في انتظاري هي وابنها وسيبيتون معنا الليلة.

أغلقت مكبر الصوت والمكالمة لألتفت لوجود صفوان خلفي "عروسة وهيباتوا عندكوا!"

- إيه المشكلة؟

- المشكلة إنك مش شايفة إن في مشكلة

كان سيبدأ عادته فأزحته من طريقي لأدخل لهم، قبض على يدي وصنم أنا من الموقف.

"أنتِ ليا لوحدي محدش يبصلك ولا يقرب منك ولا حتى يلمحلك بالقرب. فاهمة؟"

بدأت أدمع فهذا الوحش يعيد كسره لي بشكل جديد. جلجل صوتي اعتراضًا على فعله.

لم أشعر بحالي إلا وأنا أصرخ بكلمات غير مترابطة...

كنت أصرخ من الأيام التي قضيتها معه ولست معه.

حرام أن أكون هكذا حرام أن أُترك بالأيام هكذا... نصف قلب لي ونصف لغائبة...ماضي ظلمه فيقرر أخد ثأره مني. يشك بي ويخشى أن يُترك ويجيز لنفسه الترك. لا أعلم ما يدور في رأسي فقط أخذت أصرخ أكثر وأكثر حتى شعرت بأنني سيُغمى علي وبدأت أنوار الاحتفال تبهت أمامي وصارت موسيقى الأماكن تتسارع وتتباطأ شعرت بوقوعي على صلب ولا أعلم ما يحدث.......

أفقت في المشفى، وجدت آية بجواري وأهلي جميعًا. كانوا يحمدون الله على سلامتي، ولكنني لست سليمة.. بي علة لن يصف طبيب لها دواء.

ضغطت على يد آية أكثر لتقترب فمالت بأذنها لي فسألتها بصوت منهك

"فين صفوان؟"

كانت تنظر لي متأففة، ولكنني فقط أردت معرفة إن اهتم لأمري أو تركني وحيدة.

كان يقف متلهفًا عند الباب وبجواره هيثم ونور. أدار وجهه خاشيًا المواجهة... شعرت بعَبرة تسقط من عينه.

ماذا دهاك يا صفوان وما استفادة ما تفعله بي.

اقتربت أمي "والله لو اعرف إيه اللي حصلك أو مين اللي وصلك لكده مش هرحمه" كانت تنظر بخبث لك يا صفوان.. والله ما قلت لها أمرًا هي من شعرت بأنك السبب وحدها.. أم تخاف مرض ابنتها وتخشى أن تكون فقيدتها فلا تعتب عليها إن كان كلامها قاسيًا.

ربما بالغت في انهياري، ولكنني لم أستطع الصمود، أتحاسب أحدهم على وهنه؟

رميتم السلام بعد كلمتي الاطمئنان ورحلت مع صديقيك.

يقف جميع الأصدقاء خارج باب الغرفة وأشعر أنا بالخجل ماذا عساي أن أقول لهم؟

أنا أفسدت اليوم المنظور.

دخلوا الغرفة غير مهتمين بما أفسدت... كانوا يتمنون صلاح جسدي وليتهم تمنوا صلاح روحي. أن تُشفى نفسي من مصيرها المحتوم هذا كل ما أتمنى.

بعد حوالي ساعة رحل الجميع وعدت للمنزل شعرت بالخمول ولم أرد أن أُهاتف صفوان ولم يتصل هو. قررت آية المبيت.

نمت وكأنني لم أنم قط... نمت بفستاني المتسخ وجلست ترعاني آية حتى خضت في نومي.

أفقت على مغرب اليوم التالي، كنت أتقلب أثناء نومي... أرى الساعة في هاتفي ولا أجد مكالمة واردة منه، فأُصاب بلدغة النوم.

لم أرد طعامًا، وقفت في المطبخ أُعد قهوتي في هدوء تام...

كانت أمي في غرفة المعيشة تحاول استدراج آية في الكلام حين انتهيت من قهوتي ودخلت لهم.

اقتربت أمي حاضنة لي "لو اعرف بس اللي جرالك"

- ماما أنا كويسة

لا أستطيع تذكر تمامًا ما قالته كنت في عالم غير الذي نحن فيه..

قبلتها وأصررت على قولي بأنني بخير أن ما حدث عبارة عن ضغط عمل في الفترة الأخيرة لأننا أردنا ان ننهي الأعمال قبل مجيء العطلة.

جلست في الشرفة ولحقت بي آية بعدما فقدت أمي الأمل في إخبارها حقيقة جحيمي الأبدي.

لم أرد أن أكون أنانية أكثر "أنتِ كويسة يا آية"

ضحكت على سؤالي فما هذا الحال تحتاج كلتانا للمواساة.

تلك هي الحياة تضحي مرة ويضحي الطرف المقابل مرة، هكذا تمشي الحياة.

أنا فقط من أضحي يا غصة القلب.

ادعت آية العقلانية فلقد كانت تتحدث عن أشياء منطقية، ولكن لا يتقبلها قلبًا... على الأقل في الفترة الأولى من الصدمة، تلك الفترة تسمى الإنكار، يحاول الإنسان نفي الوضع آملًا في الدواء من الزمان ويكتشف أن الدواء سيكون له داء.

تقنع آية نفسها بأن الندم لن يغير ما حدث... تقول بأن الخطأ كانت هي المتسببة فيه منذ البداية وحان وقت تقبل الوضع... لن تمضِ قدمًا بعد هذا الحادث... تظن أن الرب سيعاقبها بحرمانها من نعمة الحب لأنها رفضتها من قبل.

هي في هلوسة الموت وحيدة دون زواج أو ذرية.

اتصل بي نور وطلب مني النزول. في تلك اللحظة دخل أخي حليم متوددًا لآية...

حليم المسكين رفض أشكال الحب كلها والآن ينتظر من آية ردًا على تلميحه بالموافقة، ولكنها لا تفهم التلميح وهو لا يجيد التصريح.

دخلنا ثلاثتنا للشقة، ارتديت ثيابي وأخبرتهم بذهابي لاستنشاق الهواء وفي الوقت ذاته سألها حليم إن أرادت النزول والتنزه بالسيارة... كانت على وشك الرفض فوافقت أنا وغمزت لها بالنزول.

ظلت تحدق بي وتقوم بتعبيرات وجه طفولية غاضبة، أخذت القرار وسبقاني هما على وعد مني بأنني سألحق بهما. لا أدري هل ما أقوم به صواب أم لا، هي تستحق فرصة... تستحق حليم.

بعد حوالي نصف ساعة قابلت نور وركبت معه السيارة "أنتِ كويسة دلوقتي؟"

- هو فين صاحبك؟

- أنا هنا علشان كده... صفوان سايبلك الورقة دي

انقبض قلبي عند رؤية الورقة.....

"عزيزتي ريما أحدثكِ باللغة العربية الفصحى كما أردتِ يومًا..

ليست رسالة فِراق، لا ينقبض قلبك....

أنا لست هذا المثالي ولم أدعِ يومًا الكمال..

أخبرتكِ بعيوبي فقلتِ بأنكِ ستدركين غايتك.

ولكنكِ أضعف من أن تكملي الطريق الذي رسمتيه.....

الأمر بات صعبًا عليكِ... أنا شر بالنسبة لكِ يا ريما..

بداخلي الأمر وعكسه.....

ولا تري من جمالي إلا عكسه..

لم تتحمليني للحد الذي جعلك تسقطين أرضًا!

تذكرين عندما طلبتِ مني قراءة ما كتبتِ؟

في واقع الأمر لقد قرأته منذ اليوم الأول، ولكنني خِلتك ستجدينني متيمًا بكِ فتستغلين هذا الحب.....

لا تتعجلِ علاقتنا فأنا سيء بما فيه الكفاية يا ريما (من وجهة نظرك)

وربما أنت أطهر من أن تكوني لي (من وجهة نظري)

اليوم أُطلق سراحك...

ابدأِ من جديد وأنا سأختفي ربما لأسبوع.. شهر.. أو حتى عام.

نزواتي كانت كثيرة، ولكنها خيانة جسد لا قلب.

مشاكل كثيرة مرت على قلبي يا ريما..

إن شُفيت من حياتي سأعود لكِ انتظري إن أردتِ

- ريما على فكرة أنا زعقتله جامد وقولتله مينفعش كده

- ده اللي ربنا قدرك عليه؟

- ريما هو ميستاهلكيش ... بصي حواليكي هتلاقي ناس كتيرة تستاهلك.

لم ألتفت له وصعدت لغرفتي.

كيف يمكن لك بكل بساطة إنهاء ما بدأنا؟ من تخال نفسك لتطلق سراحي..

تطلق ماذا يا هذا؟ تلومني على استنزافك لي حتى فقدت القدرة على الثبات!

تقول بأنك سيء من وجهة نظري... إنها حقيقتك يا صفوان أنت سيء، ولكنني أحبك بتلك المساوئ.

حتى رسالتك متناقضة.. تقربني لك في رسالة بُعد؟

تقول بأنك تهتم بأمري وكتاباتي وتخاف من ظلمي لحبك.. تقول لي ارحلِ ويليها طلبًا بالانتظار؟

***

تماديت في البُعد تلك المرة.... بدرًا رأيته مجددًا ولم أرَ منك ولو رسالة نصية!

ابتعد كما شئت يا صفوان، وتلك المرة لن أبرح مكان عند رؤياك...

أنا سأعود كما عهدت نفسي يومًا... رجعت للرفقة وأخذت أبتسم بدونك.

تخيل الابتسام لم يكن بسبب وجودك يا صفوان أنا من أوهمت نفسي بالخرافات.

كنت دائمًا تشوش على عقلي....

في واقع الأمر أنا لم أسلم من الكابوس المعتاد... يصبح صوته رنانًا عن كل مرة، صار يلمس جسدي فأصحو شاعرة بآلام في بدني وأجد الكثير من الكدمات.

يُقال إنها بسبب الحزن، تلك الكدمات تزول مع الوقت أما كدمات النفس هي تلك التي تبقى وتعيش.

حاولت طيلة هذا الشهر أن أبتعد عن العمل وآخذ قسطًا من الراحة... انشغلت مع الأصدقاء، ولكن ما من أحد بجواري عند النوم

لم ينتشلني أحدهم سواك من وسواسي الليلي يا صفوان، توبة نصوحة منك تلك المرة.

أنا أجاهد نفسي كل ليلة لمنعي من السؤال عنك.

أسأل نور عنك من الفترة للأخرى فيجيب بأنك في أحسن حال.

إذًا أنت تغدو في حياتك وتريد مني البكاء على الأطلال؟

تجهزت للخروج مع الرفقة فمنذ بعادك لم أجد سواهم يشغلون نفسي.

يعيدوني للحظة البداية تلك الفترة التي كنا فيها غريبين... كم هي رائعة تلك الحكاية!

كنا غرباء وصرنا غرباء... بدايتنا هي نهايتنا.

جلست بجوار خطيبة زياد "زينة" هي فتاة طيبة وحنونة...

كانت دائمًا من مسببات قهقهة هذا الفريق، ولكن اليوم يبدو عليها السوء.

ابتعدت قليلًا عن مجلسنا لمكالمة والدتها ولحقت بها أنا.

أنهت المكالمة ونظرت للسماء دون حراك.

- أنتِ كويسة؟

نظرت لي بهدوء تام

- بحاول

اقتربت واحتضنتها فحاكت لي مُلاءة الحكاية

منذ حوالي خمس سنوات توفي أخوها في حادث برفقة زوجته وأولاده.

لم تقدر والدة زينة على تخطي الأمر فكان أخ زينة في مكانة الوالد لزينة والأمان للأم.

ظلت والدتها صامتة دون كلام لمدة عام...

وبعدها تحولت شخصيتها لشخصية هجومية تحفظية تخشى على وحيدتها.

ظهر زياد في حياة زينة وكانت بحاجة لمن يهبها وفرة من الطاقة وراحة البال، ولكن أمها رأته أتى ليختطف ابنتها.

رفضت قربه دون أسباب واضحة فهددت زينة الأم بإلقاء نفسها من شرفة المنزل... كان نوعًا فقط من التهديد بعد شهور من المحاولات، في واقع الأمر كان التهديد بدون حتى الاقتراب من الشرفة.

سكتت والدة زينة مخبرة ابنتها بأنها ستوافق عليه، ولكن إن حدث لها مكروه أو أذاها أو باعد بينهما... ربما ستموت وقتها.

ذلك التهديد لم يعبر بسلام على الوالدة فلقد وجدت دائمًا في نفسها شيئًا يكره وجوده... فمنذ اللحظة الأولى وكان دخوله خرابًا.

الآن المشاحنات تدور في كل صغيرة وكبيرة... تتدخل الأم في كل شيء ولو حتى كان مكان الخروج.

يضغط زياد عليها كما تضغط الأم في المنزل.

كانت تظن الزواج راحة فتيقنت أن الراحة صفة من صفات الجنة.

في تلك اللحظة رأيت سيارة أخي ورأيت آية تترجل من السيارة.

أشار لي أخي ورحل...

الرجال جنس عجيب نسألهم في قربنا منهم أشياء كُثر فيرفضون، وإن أرادونا معهم يفعلون كل جميل.

توصيله لآية والسماح لها بالخروج سيقل يومًا بعد يوم... هو الآن في فترة تضحيات الرجال تلك الفترة التي يسوِّقون فيها لنفسهم ليجعلوا البنات يقعون في غرامهم ولا يرون لرجلهم مثيل... والحقيقة هي "أصحاب الجنس الواحد متشابهون بشكل أو بآخر."

- حلو الخروج مع أخويا؟

- ريما... أنا وهو صحاب بس

لا أعلم لماذا وجدتني كقطة تخشى على صغارها... أردت الشجار معها.

يخرجون بشكل شبه يومي ويذهبون هنا وهناك ويلمح لها كثيرًا وهي لا ترى فيه حبيبًا.

كان الكل في الداخل سعيد وفي تلك اللحظة كان كريم يقبل يد خطيبته، وغريب أن يزيح شفتيه عند رؤية آية..

تظاهرت آية بأن شيئًا لم يكن، ونار رأيتها في عين "مي" خطيبته.

الحاسة السادسة لدى النساء غريبة وعجيبة، يشعرون بالخلل في العلاقات قبل وقوعه. بصراحة أنا أفتقد لتلك الحاسة... أيعقل أن صفوان أوصلني للنقص الأنثوي؟

تدبرت ليديا الموقف كعادتها.

ليديا هي أكبرنا سنًّا، تكبرنا بخمس سنوات... من العجيب تقبل بيشوي لأمر فارق السن؛ فالرجل الشرقي يشعر بأن فارق السن والطول بين الزوجين إن كان من نصيب الزوجة فهي مهانة له.

يجب طمس تلك الأفكار... فهل فارق السن والطول سيحدد إن كنا متفاهمين أم لا؟ هل سيضمن كوننا مناسبين؟ هل سيكون سببًا في الذرية الصالحة؟ هل سيكون مصدرًا لسعة رزق الزوجين؟

ما يعيب الزوجين هو قلة التفاهم واختيار الشخص غير المناسب...

ألعب دور الحكيمة منذ جلدت قلبي لأبتعد عن صفوان.

دخل هيثم وجلس بجواري فسألته إن كان هناك جديد.

طلب مني تحديد موقفي يا القرب أو البعد... وبدلًا من السؤال عليه من الأصدقاء يجب ان أسأله بنفسي فالطرف الثالث ليس مضمونًا..

لم افهم سبب الإجابة أنا فقط أطمأن على حاله.

هل معنى الاطمئنان الحب؟

نعم أحبه، ولكن ليس هذا سبب اطمئناني عليه. دعك يا هيثم من كل هذا سأصمت ولن أسألك عن معنى كلامك.

يتلو علينا الناس ما يجب أن نفعل ولا نفعل لا يروا حالي وبكائي بين العشية وضحاها.

أنا أعتصر وجعًا. فارقته بجسد هزيل وألاحقه بروح المُحبة.

كان قرار البعد عنك قرار لحظي. لم يحزنني بُعدك لأنني اعتدت عليه، ولكنك تركتني تلك المرة في وقت عصيب. ورغم بعدك التمست لك عذرًا جديدًا.

عد لطفلتك يا صفوان وقُص عليها نبأ أكاذيبك. وسأغفر لك بصدر رحب ما تقدم من ذنبك.

عُدت لبيتي وقد اقترب موعد العودة لأوروبا.

كنت أباعد القُرط اللؤلؤي الشكل فشعرت برائحة أمي في المكان ورأيت انعكاسها في المرآة.

احتضنتني وقبلتني بهدوء تام...

آهٍ من وجعي يا أمي كيف أخبركِ بأن قلبي مكركب...

معدتي تؤلمني وقولوني يقتلني، الحزن يمزق أحشائي كخنزير بري.

هذا الثبات كلفني صحة، أشعر بأنني أشيب، تلك الشعرة البيضاء ظهرت فجأة في شعري.

لا أدري إن كان صفوان المتسبب في شيخوختي المبكرة أم بعدي عنه أصابني بالعجز.

لم يعد بوسعي الحب... كرهتها كلمة، اعطيني صك الطلاق هذا وخلصني من جحيمي.

إن أوتار قلبي تتمزق أسفًا علي.

ما عاد بي من قوة لأحبك أو أحب غيرك ... ما عاد بي من شيء يطمع فيه الناس فلقد نهبتني كل جميل كان بحوزتي يومًا.

أخذت نفسًا عميقًا لألملم بقايا شجاعتي "هتوحشوني يا أمي"

- ما تخليكي في مصر وتتجوزي.

- ريما وجواز! صعب يا أمي.

- ربنا يهديكي و.....

- ادعيلي ربنا يريحني.

دعت لي وأتتني بفوج من دعاء الأمهات (ربنا يبعد عنك ولاد الحرام) (إلهي تنستري دنيا وآخرة) (ربنا ينولك اللي في بالي يا بنت بطني) ... ورحلت مع إغلاقها لباب غرفتي كما أطلب أنا دائمًا.

بسيطة هي صيغة دعاء الأمهات وسبحان من يتقبلها.

دعوت كثيرًا منذ صغري وقليلًا ما يُقبل دعائي.. كنت أقول بأن الخير فيما اختاره الله حتى أتتني نفسي بأمرٍ لم يفارقني قط.

ماذا إن كان الخالق لا يقبل الدعاء بسبب بُعدي عنه أو ربما خرجت من تحت رحمته؟

تنقبض روحي من تلك الفكرة... أنا لست بمحجبة، ولكنني لا أبرز كثيرًا من مفاتني...

أنا أرتدي ثيابًا تبدو لي عادية.... أنا أخجل إن نظر لي طفل مراهق فمن المستحيل أن أرتدي ما يثير شهوة الرجال.

ليس خوفًا منهم، ولكنني لا أحب أن أكون محور المكان...ربما ذلك هو السبب... أنا لا أرتدي تلك الثياب لأنني لا أحبها ليس لأنه أمر من السماوات السبع.

ولكنني أصلي، أصوم، أخرج الزكاة، ولا أنام إن رأيت أحدهم جائع.

أنا لست على نهج الالتزام التام، ولم أنفتح كل الانفتاح حين خرجت لتلك البلاد.

أنا وسطية... مصطلح لا يحبذه الناس، ولكنها حقيقتي أنا لست القريبة أو البعيدة عن أمور الدين.

في نهاية الأمر اختلفت الديانات السماوية في الكثير واتفقت على الصلاة..

نحن نصلي لنرتاح... نريد العودة لمن يحل لنا أمورنا.

لا نشعر بتلك الأمور في الصغر، وفور نضجك لن تبوح لأهلك بكل متاعبك ففيهم ما يُكفيهم. تلك اللحظة تتساءل "أين المفر وأين المنجى؟"

تجد نفسك إما تدعي أو تصلي...

وها هو الجواب جميعنا نصلي لأنفسنا... لنشعر بالأمان.

اتفقت الديانات على احتياج الإنسان الدائم للأمان مهما بلغ أشده.

اتصلت بي ليديا لتفصلني عن فقرة حديث النفس... تلك الفقرة تُعرض يوميًا في تمام الساعة الثانية عشر بعد منتصف الليل ولا ميعاد محدد للنهاية.

- ينفع أسافر معاكي أنتِ وآية؟ لو مفيش مكان عادي هقعد في فندق

- طب وبيشوي؟

- وراه شغل.

وافقت على طلبها، ولكن غريب السفر مع أصدقاء عرفتهم فقط لشهر وتبتعد عن زوجها هكذا بكل سهولة.

ما شأني أنا هل سأحل للبقية مشاكلهم الزوجية أيضًا؟

***

لحظات فراق مرة أخرى أمي تحاول ألا تظهر أساها ... كأنما كُتب علي العيش بين لحظات الوداع..

لقد تعايشت مع الهجر بأشكاله، والهجر نوعان؛ موت وفراق. الميت عذره بَيِّن أما المفارق فلم يعذر قلبي.

أصبحت أخاف من فكرة أن أُظهر محبة لمن هم حولي وتتقوى علاقتنا بصلابة المواقف والأيام ثم يجدون البديل الأنسب لهم.

تؤلمني فكرة أن أكون مجرد بديل حين لا يجدون أحد.

يجرحني كوني مجرد فترة لا يروا فيها مني إلا يُسر ولين.

يرحل الجميع تاركين بقايا إنسان كان يومًا صالحًا للتعامل مع البشر.

تحليق فوق الأراضي المصرية..

النيل، الأهرامات... شمس الحضارة ونبع التميز تبدو صغيرة الآن.

البُعد قليلًا يجعلنا ننسى حجم الأشياء، وعند الرجوع مجددًا نراها بحجمها الطبيعي.

في نهاية الأمر أنا سأعود لحياتي العادية... حياتي التي أنت عمودها... وبدونك تنهار.

تأخذ حيزًا كبيرًا في حياتي يا صفوان تلك هي الحقيقة ولا شيء غير ذلك.

تلك المرة لا تنتظرني في المطار لا ورود ولا رغبة في عناق...

أخرجت ليديا قداحة من جيبها وأشعلت سيجارة. لم نسأل أنا وآية عن الأمر فبادرت هي قولًا. مفهومها هو أن النساء كالرجال والعيب عيب للجنسين.

نحن فقط في مجتمعنا العربي نعطي الرجال حقوقًا ونمنع النساء تلك الحقوق. كان استفهامها هل السجائر تؤذي النساء فقط وتهدئ صدر الرجال؟

أفرغنا أمتعتنا وجلسنا متكئين على الأرائك...

"الرجالة بياخدوا اللي احنا عايزين نديهولهم" افتتحت ليديا النقاش بتلك الجملة.

دار حديثنا حول أشياء كثيرة تخص الرجال، وفي نهاية الأمر وجدنا أن الكل يتنازل عن أشياء كثير شاء أم أبى... تلك المرة الجنسان متساويان.

داعب الدخان صدر ليديا وخرج كخط يتراقص من فمها الأحمر.

- تعرفوا أنا وبيشوي اتجوزنا ليه؟

نظرنا لها باهتمام...

- فاكريني هقولكوا قصة رومانسية وإنه مغرم بيا؟

ظلت تقهقه وقالت لنا بأن الأمر أُحجية والفائزة من تحلها أولًا.

كانت تعطينا كلمة ونبني عليها قصة.

- راجل وست...

فنصيح "اتجوزوا"

- أمان

فنهلل "الجواز" ... تسخر هي وتكمل.

- حب

فنجيب "بيختفي مع الوقت"

- ده لو كان موجود...

انتهت أفكارنا؛ فأبلغتنا بأمرها.

كان أبوها غنيًا وكان يعرف والد بيشوي لأنهما ترعرعا سويًا.

توفي الوالد وترك الثروة لابنته... وكعادة الرجال أحب بيشوي أن يأتيها في ثوب الشجاعة.

لم يكن بيشوي يحبها ولم يظهر إلا بعد معرفته بأنها تمتلك الأموال.

حاول الكثير من الرجال التقرب منها وردعتهم هي..

هناك من حاول الاعتداء عليها عند نزولها ونجح في فعلته.....

كانت قريبة من المنزل في تلك اللحظة ورآها بيشوي من بُعد تُرمى من سيارة حمراء كالقمامة...

"بالمناسبة من وقتها والأحمر بقى لوني المفضل، مينفعش أكره لون علشان ذنب أنا مرتكبتهوش ده من يومها وأنا أذكى من الأول وأقوى من الأول وقعت مرة وخلاص"

أكملت......

هرع إليها بيشوي وذهب بها للمشفى... حاول الوقوف بجوارها. ساندها بالفعل حتى تعافت من صدمتها. وشعرت هي في تلك اللحظة بأنها تحتاج للأمان، حتى لو من الذي يصغرها...

أخبرتنا بأن المال يشتري كل شيء حتى العذرية يشتريها المال..

بعد فترة أحضرت بيشوي للمنزل وعقدا اتفاقًا للزواج...

هو يدير الشركات وهي تصرف الأموال ويمكنهما العيش كأخوة وإن أراد حقوقه الزوجية فما من مانع.

تقول بأن في بداية الأمر مهما تزينت وتحممت عطرًا لم يكن يشتهيها، ولكن المال والسفر يعملان مع البعض كفاتح للشهية.

الحب أنواع... حب الروح، الجسد، الأهل، المال.... للحب أنواع ويا تُرى ما هو نوع الحب الذي سنحصده.

ما هو نوع حبنا يا صفوان... التملك؟

بالطبع هو .... ولكن إن كان تملكًا فكيف يمكنك البُعد هكذا؟

ثمة فصول ناقصة في رواية حياتك.

صوت رسالة نصية

نور: أنا في الخارج

خرجت له ولا أعلم سبب مجيئه، ركبت السيارة فوجدته يهديني وردة حمراء ويقول بأنه سعيد لعودتي للبلاد.

ربما جُن الولد... رفضت الوردة بلباقة وأكذوبة إصابتي بحساسية اتجاه الورد.

رماها على الفور وأخبرني بأن هيثم سيأتي غدًا

فأخبرته أن الأمر ليس من شأني.

سألته عن صفوان فرد بأنه مختفي عن الأنظار. وربما سيعرف عنه جديد غدًا.

طلبت منه أن يتصل بي في حالة علمه بشيء يخصه.

دخلت مُغتاظة فشعرا بالأمر وبدون كلام نظرت لي ليديا...

- حبيبتي مفيش راحة من راجل.

صفقت آية بطريقتها الطفولية فرحة بأنها وجدت من يشاطرها القول.

ابتسمت أنا دون رد وجلست معهما حتى غلبني النعاس.

وبعد انتهائي من عملي وجدت نور في انتظاري يقول إنه لديه الكثير ليخبرني به عن أمر صفوان.

جلسنا في هذا المقهى الهادئ..

- ميستاهلكيش يا ريما

- أنتَ المفروض عندك جديد تقولهولي مش جاي تنصحني.

هدأ بشكل أرعبني...وأخبرني عن نية صفوان لخطبة قريبته تلك التي كانت تتصل به من فترة للأخرى وكان يقول إنه يشفق على حالها.

من نشفق على حاله نتزوجه!

أريد فقط أن أعرف ... كيف يفكر؟

هل يريد مني ان أعود مكسورة؟

حسنًا أنا مكسورة، ولكن لا يفعل بي هذا انا لا استحق هذا...نحن اختلفنا كثيرًا، ولكنه دائم الرجوع....

بالطبع لن يتركني.... هو فقط أرسل نور ليثير غيرتي.

أمسكت يد نور "نور قولي إنه بيضحك عليا"

ابتسم نور... سحقًا إن كان يفكر بشيء غير دموعي.

أخذت أرتجف ورحلت من المكان.. يدور الكون وأدور أنا في عكس الاتجاه.

أنا لست ضعيفة، أنا لست غبية .... أنا فقط أريد أن أعرف سبب فعلته.

اختل توازني من على الدرج، حاولت النهوض ودخلت للمنزل مُزَّملة.

سمعوا مني ورفضوا فكرة محادثتي له.

ولكنني أستحق أن يبرر لي...

ظلوا بجواري حتى عاد لي رشدي.

أنا لست غبية يا صفوان أنا على علم بحب ابن خالتي لي، ولكنه لم يتجاوز حده يومًا وفي هذا الشهر المباعد أنت فيه، طلبت خالتي من أمي أن تفاتحني في الأمر وقلت لها أن ترد عليها بأن الوقت غير مناسب...

كلانا سيتألم، وسأحرص على إيجاعك أنا تلك المرة.

تلك الهدنة انتهت، أنا في طريق وأنت في طريق وربما هذا معنى الكابوس.

لا تحزن فالطريقان موازيان لبعضهما البعض وسأحرص أن تؤذى مادام الطريقان موازيان.

- أمي أنا موافقة

نظرت لي آية... "بس ده مش حل... هتبقي معاه وأنت قلبك مع حد تاني؟"

-آية أنتِ سايبة أخويا اللي هو فرصة ليكي ومقررة تعيشي لوحدك... متحكميش عليا اعمل زيك أنا عايزة أعيش. أحب وأتحب

-أنتِ كده عايزة تتحبي بس.

كان الأمر دمارًا نوويًا...المركز سليم والأشلاء في كل مكان.

نحن صديقتان، ولكننا نمزق بعضنا البعض بكلام قاسٍ؟

أخبرتني آية بأن الخيانة أنواع ومن أسوأ الخيانات خيانة القلب. وقد تكون أسوأ من الروح؛ ولهذا السبب لا تعطي أخي فرصة التقرب، تخشى عليه منها.

لم أقتنع بكلامها ... لا يجب أن نقف هكذا دون حراك... إلى متى ستجبرنا الحياة على فعل أشياء لا نحبها... إلى متى سيكون الخيار إلزاميًا؟

أنانية أنا... لا يُهم سأنصف نفسي بنفسي تلك المرة... ثم أنه لن يشعر بحبي لغيره.

مرت الأيام ونعيش أنا وآية مغصوبتان على الوجود سويًا ومهما حاولت ليديا أن تصلح الأمر فلا فائدة.

أبكي على صفوان أم شجاري مع آية التي أحتاجها ...؟

أم أبكي من قذارة نور؟

أشعر بالذنب لأنني كنت أترجاه ممسكة بيده. تلك الابتسامة تلاحقني في منامي.

مفارقة عجيبة بيني وبينه، من أين له بهذا الجبروت؟

غطرسة لا داعي منها. في لحظة يمكنه بيع كل ما يمس قلبه.

سأرحل قريبًا يا صفوان... ماذا عساك تقصد بصمتك... سأتزوج يا صفوان.

لا من ريما حبيبتك بعد الآن، لن يكون هناك أمير وأميرة أولادنا التي كانت أسماؤهم تبدو لنا تقليدية، ولكنها جميلة.

سيجلس بجواري زوج مستقبلي غيرك... ويا ليته لم يكن غيرك.

أشعر بأنني مريضة بك. صار وجعي منك حبًا.

ألم يسبب شهوة عاطفية!

مضت أيام كثيرة ورتبت أمور عملي لأعمل لفترة من مِصر...

لم يكن موعد خطبة، بل جنازة.

عدنا ثلاثتنا لِمصرنا بعد حوالي شهر.

سافرت تائهة وعُدنا تائهين... حتى ليديا تتألم ولا تشتكي، يبدو عليها تبرُّمها.

أدخل المنزل لأجد أجواء الاحتفال... أحقًا تحتفلون بخسارتي لنفسي؟

في اليوم التالي اتصلت بي الفتيات الثلاثة ليساعدوني في التجهيزات.

مكالمة من آية هدأت من روعي "حتى لو غلطانة أنا معاكي... هنصحك ولو صممتي على رأيك مش هسيبك لوحدك".

تهنَّفت؛ فشعرت بي، وواستني بأنني على الأقل أخطو خطوة نحو النسيان.

انتهينا من شراء الفستان والحُلي. كان فستان أسود كالجنازات.

لأول مرة أجد ميتًا يحضر جنازته.

تلي هذا اليوم يوم جديد ... أحضرت آية المساحيق التجميلية لإخفاء تورم عيني الباكية.

وقفت فجأة ونظرت لها... "أنا بظلمني... كل اختياراتي ظلم ليا"

أجلستني معلنة انتهاء وقت التفكير.

اللي فات مات...

كيف أخبرها بأنه لم يمت كيف أقول لها بأنه مُرسخ على قلبي...كيف أقول لها بأنني به أحيى وبدونه أموت؟

اندلعت أصوات الأغاني كقذيفة على معسكرات العدو.....

خرجت لأجد "مرزوق" واقفًا في انتظاري.

شعرت بسخرية القدر في تلك اللحظة... اسمًا ليس على مُسمى.

مرزوق بفتاة معك وليست معك... تتخيل غيرك مكانك.

قد تظنني باغية... لك كل الحق، أنا لا أجيد غير التسبب في المتاعب.

ربما كان صفوان على حق أنا السبب الأوحد والموحد لكلمة متاعب

يرقصون ويغنون... على الأقل إن لم ابتسم أنا اليوم فلقد رسمت الابتسامة على وجه من أحبهم.

أعيش دور الضحية أم حقًا يفرحني كوني سبب فرحتهم؟

اقتربت خالتي بالذهب.

ألبسني مرزوق العقد الذهبي.. هكذا إذًا إحساس من يرتدون الملبس الأحمر في السجن، وهكذا يلتف حبل المشنقة على الأعناق.

بخطأ غير مقصود لمس مرزوق رقبتي، ارتعدت وتشنجت "مرزوق خلي ماما تلبسهولي معلش".

انا أخدعني، لن أطيق المكوث معه في منزل واحد... سيكون اغتصابًا تحت سقف واحد.

أصابعي بين يديه هكذا أمام الناس؟

كان يلمسها صفوان ومرزوق يمسكها مسكًا بكل تلك البساطة؟

خاتم يحدد مستقبلنا ولا يمحو ما قد فات الذي لا يتيح لنا قول "قد مات".

رأيت على وجه آية دهشة حين ألقت بنظرها على هاتفي.

لا تأتي بعد فوات الأوان يا صفوان لا تعتذر... دعني أدلف لحياة جديدة.

تركتهم يرقصون وطلبت من آية الهاتف.

حاولت إلهائي دون جدوى.

دخلت لغرفتي لأجد إشعارًا منه مُرسِلًا "فيديو"

ستعتذر صوتًا وصورة!

فتحت الهاتف فوجدته يقف في غرفة شبه عاريًا ممسكًا بكأس صغير...

كان يضحك بهيستيريا... "كلكوا خاينين" "كله حذرني منك" "أنا كنت غبي لما افتكرتك غيرهم" "أنتِ خاينة" نعتني بالعاهرة بلسان فصيح.

قام بمناداة فتاة أجنبية وإذ بها تدخل الغرفة بقبلة حميمية.

قال لي بأنه سيفعل ما لن أستطيع أنا فعله مع غيره.

ابتعدت الفتاة وكنت أرى أنا ظلًا لها... تخلع ثيابها!

كنت دائمة القول بأنها أوهام وأنك لي.. سأكون بتول وسأكون أول سيدة على سريرك.

أشار لي بالوداع وهو يبكي ويضحك في اللحظة ذاتها "نور كان معاه حق من يوم ما قابلِك في لندن... ياريتني ما عرفتك"

فتاة تُعوزها الأنفاس، شعرت بالضيق والاختناق...

بالطبع هذا كابوس...لا يمكن أن يكون واقعًا. اتصلت به، الهاتف مغلق، أرسلت رسالة فلا تصل.

فتحت آية الباب بهدوء

- ريما أنت كويسة؟

علا صوت نحيبي."معاه واحدة... بيقول كلام وحش أوي"

كيف لمن أضاء شمعته الأخيرة لغيره ليهتدي بها سبيلًا أن يكون خائنًا؟

أنا افتقرت للأمان فكنت لك درعًا. افتدت الاهتمام فكنت لك أُمًّا. ذنوبك وغفرتها. خياناتك وسُكرك وتغافلت عنهما ظنًّا مني بأنني على وشك الجنون. يدي ولم تلمس غيرك قط... إلا اليوم. (أحبك) كنت أول من علمني قولها.

صنتك في غيابك قبل حضورك... واليوم تصفني بالعاهرة؟

تريني خيانتك باكيًا. تثابر على جعلي ضعيفة مسلوبة الإرادة.

تبكي لأغفر لك؟

أم تبكي لتشعرني بخيانتي؟

أنت تعلم في ثنايا نفسك كل العلم بأنه لن يمسني مخلوق. أنت أو الموت.

- طب بصي نخرج نمشي الناس وهنشوف هنعمل إيه.

أنا مومياء.... جسدي يتآكل، نظرت للمرآة وجهي ملطخ بكحلي الأسود حاولت آية أن تعيد الأمور لبدايتها...

مسحت أنا تلك الأمور من وجهي..."أنا هطلع كده"

- ريما بلاش هبل

دخلتا ليديا وزينة "هو في إيه"

تفهمت ليديا الوضع دون أن نفسر لها "طيب نمشي الناس وبعدين أنا هتصرف"

مر أسبوع على هذا العزاء الممزوج بالرقص والأغاني.

علمت ليديا من بيشوي بأن لنور علاقة بالأمر.....

ربما لا يكون بيشوي الشخص المثالي، ولكنه يفهم في الشخصيات على حد قول ليديا...
"نور بيحبها" هذا ما قاله لها...

يحبني فيجعل صفوان يصدق خيانتي؟

قد يكون نور خبيث النيات، ولكن الخطأ الحقيقي عند صفوان الذي صدق كلمة اغتابني بها صديقه فصدقها دون أن يرجع لمواقفي معه طيلة تلك السنوات.

مرزوق لم يخرج معي منذ تلك الليلة.. تظاهرت بالإعياء الشديد.....

لا يمكنني وصف الألم النفسي، ولا أستطيع وصف ألم جسدي الذي يخلقه الأذى النفسي.

سمعت مرة بأن فارق بين الروح والنفس...

الروح لا يُمكن مداواتها إلا بالقرآن والصلاة. والنفس تُعامل كعضو فيتوجب علينا اللجوء لطبيب في بعض الأوقات...

لن أذهب للطبيب فصدمتك لي أقوى من كل تلك النصائح.

كنتَ لي إنسانًا وكنت لك دمية، حركتني كما شئت..

تأتيني عند الملل وتتركني إن شبعت لهوًا...

أنت لم تعشقني، بل كنت عشيق حالة "عشق الممنوع".

كنتُ لك نبراسًا في لياليك المظلمة وكنت لي عتمة أيامي المضيئة.

تتصل!

لن أضعف من مرة تحاول فيها الوصول لي...ربما تتصل لكسر ما تبقى مني سالمًا.

أنا أتابع هاتفي وتلك المرة العاشرة التي تتصل فيها تأخر الوقت ونام الجميع وأنت على حالك هكذا...

رددت عليك دون كلام.

- ريما ...ريما ردي بس اتأكد إنك سمعاني

- نعم؟

بكيت عند سماع صوتي... يا له من حال للإنسان، يخشى رؤية الحقيقة حتى يجدها سهمًا في حلقه تمنعه من الكلام.

ظللت تبكي لدقيقتين كاملتين دون كلام.

لا أخفيك سرًا أبكي أنا أيضًا ليس حزنًا علي أو عليك... أنا حزينة على ما وصلنا إليه.

"والله ما قدرت ألمسها" تقولها نادمًا أم منزعجًا يا صفوان.

الحقيقة هي أنك وجدت نفسك لا تستطيع حتى إرضاء شهوتك.. أو رغبتك في الانتقام.

أردت مني أن أسمعك فبكيت محدثًا "والله أنا مكنتش مدرك أنا بعمل إيه...طب ده منظر صفوان اللي أنتِ بتحبيه؟ ده مكنش أنا"

يعجبني في المرء حين تنتهي كل حيله في الهروب "لم أكن في كامل وعيي" يا له من مبرر... حتى إن نال منك السُكر، فلقد كان الشرب بطوعك وأنت على علم بما قد يحدث.

تقف وسط الشياطين وتتساءل عمن الذي وسوس لك.

- أنتِ اللي سيبتيني...كل مرة بنتخانق ونرجع اشمعنا المرة دي تبعدي

تلك هي الحقيقة كل مرة نعود لأنني أبقى على الرف الذي تركتني فيه.

أنت معتاد على تركي والرجوع لتجدني منتظراك بلهفة الحنين.

- بصي أنا مبكلمكيش علشان ترجعيلي بس أنتِ لازم تسمعيني

ظللت تبكي وأنت تقولها، ولكن كفى سأتكلم أنا وسأبكي لا يهم...بدأت في إخبارك الكثير، كفى... كفى تلك المرة لا تذهب وتعود وتلومني على عدم الانتظار... أبقى من أجل من؟ مستقبل مجهول الهوية؟ لتكن صريحًا ولو لمرة مع نفسك.. ماذا تريد؟

- عايزك

من يريد شيئًا يضحي لأجله وليس به.

تبكي مجددًا دون توقف... تريد المغفرة؟

سأقولها لك مجددًا هذا موعد الحساب يا صفوان جنة أو نار.

تأخذ نفسًا عميقًا فترد علي بأنك إذًا من الأعراف، وأن حسناتك تساوت مع سيئاتك.

- ريما ربنا بيغفر للي حسناته بتساوي سيئاته أنتِ مش هتغفري؟

لكن الله يتركهم إلى متى أراد وبعدها يأذن لهم بدخول الجنة بعدما كانوا وسط النعيم والجحيم.

- بس أنتِ مش ربنا

لهذا السبب يا صفوان لا أتحمل...الله يتركهم ليذوقوا نوعًا من العذاب وهو قادر على الغفران من اللحظة الأولى، وأنا أتركك بينهما لأحاول المغفرة... فرصك أهدرتها.

- طب خلينا نبدأ من الأول

وهل يصحو الإنسان من موته؟

ناديت عليك بعدما بكى كلانا...

- سيبني أشوف هقدر أسامح ولا لأ

- وعد هعوضك

في واقع الأمر يا صفوان ستحاول كثيرًا... لا أعتقد بأنني سأعود لحالتي الأولى، أنا مكثت سنين أعطي مقابل ثمن بخس ودَنَا تبديل الوضع.

***

في مقهى هادئ، تحذرني آية من الرجوع لك، وتترك لي ليديا حرية الاختيار "ريما أنا اللي وصلته اللي حصل ودلوقتي هو جالك وأنت في إيدك تسامحيه أو لأ.. أو ممكن تقطعي رقبته"، وزينة تقف مستمعة، هي جيدة فقط في الربت على كتفي كالأطفال.

كنت لا أقدر على النوم ليس بسبب صفوان في الواقع، بل مرزوق.

ذنبه الوحيد أنه أحب بصدق من تهوى غيره.

أخذت القرار أمامهم أن أقوم بفسخ تلك الخِطبة.

نظرت لي آية فابتسمت أنا، الكل أجمع بأنه القرار الصائب.

ما يثير تعجبي وإعجابي في ليديا، تركها من تحب يخطئون، تساعدهم من بعيد، لا تلوم أو تعاتب مادام الأمر لا يمسها.

هاتفت مرزوق وقمت بتشغيل مكبر الصوت...

- حبيبتي إزيك؟

- أنا تمام الحمد لله. مرزوق ينفع بكرة الصبح نتقابل؟

- أخيرًا هنتقابل خلاص ماشي.

ضحكوا واصفينه بالمسكين... طلبت منهم عدم الضحك لأن الوضع محزن وسينفطر قلبه.

نطقت زينة أخيرًا ونصحتني بأن الأمر بالفعل سيحطمه، ولكن هذا هو الحل الأمثل فكلما طالت المدة سأزيد من صعوبة الموقف علينا.

على كلٍ ما يريحني في هذا القرار كوني أفعل هذا من أجلي ولأجله ليس لأجل صفوان.

في اليوم التالي التقيت بمرزوق. كانت السعادة تغرق رأسه لقدميه، يهزهما كالأطفال حين يفرحون.

طلب لي قهوة "اتنين قهوة زيادة بعد إذنك"

- واحدة فيهم سادة معلش

لا يكفي الحب المهم أن تعرف مَن تحب.

يحبني مرزوق وهو لا يعرف عني أبسط الأمور المُعلنة... يحبني دون أن يرى مني شيئًا يجعله يقع في حبي.

بدأت أمهد له الأمر وهو شعر بهذا...

"ريما أنتِ عايزة تسيبيني؟" قالها وتوقفت رجله عن الحراك، وهدأت ملامحه.

شرحت له بأسف شديد تعلق قلبي بشخص ما... إقدامي على إكمال تلك العلاقة أذية له ولي.

تفهم الأمر بكل هدوء... هذا ما حطمني لم يقل خائنة أو أي شيء فقط "تمام"

قام بتوصيلي ولم يتحدث طول الطريق..

كنت أنانية في هذا القرار، وهو من يتحمل الآن عقوبة اختياري.

فتحت باب السيارة "ريما متقلقيش هقولهم إننا حسينا بعض مش زوجين وإن علاقتنا مينفعش تتعدى الأخوة ربنا يوفقك"

رنُوت إليه "هسافر ومش هتشوفني تاني"

***

مضت أيام ثُقال تزامنت مع رسائل صفوان التي كادت تكون يومية "هنرجع؟".

قالتها السيدة أم كلثوم يومًا "عايزنا نرجع زي زمان قول للزمان ارجع يا زمان".

حلّان لا ثالث لهما؛ أن نرجع بالزمن أو اتظاهر بفقداني لذاكرة تلك الفترة.

جانبًا إيجابيًا عادت "راجية" تلك النسخة الأكثر نضجًا مني.

يؤسفني أن أكتب ما لا أفعل. اليوم سأبدأ في قصتنا... أنا أنتَ وأنتَ أنا.

هل سيتقبل العالم فتاة بتلك الصفات؟

وإن لم يتقبلوها فلماذا يتقبلوك؟

حُشرت الضلالات في عقولنا... فصار الحرام مباحًا في المجتمع في بعض الأوقات إن كان الفاعل (ذكر شرقي)

تلك المرة روايتي نهاية مفتوحة وما يحكمون به عليها سأطبقه عليك...أخشى أنني أعلم الأحكام جَمعاء مسبقًا ولا أرضاها عليك.

طرق أحدهم الباب ولم أهتم لأفتحه؛ فوجدتها أمامي، زينة تقف أمامي معتذرة إن أتت بدون موعد مُسبق. "طنط قالتلي أدخلك عادي"

ظلت صامتة لبضع دقائق فأكدت لها بأنها أتت لسبب ما فلماذا لا تنطق؟

"مبعرفش أتكلم... مبعرفش أعبر... ولا بعرف أبرر"

الصمت نعمة جوفها نقمة، يملأ الإنسان صدره بدخان المشاعر فتهلكه في صمت تام، وإن قرر البكاء سيبكي كما لو لم يبكِ مسبقًا حتى يكاد يشعر بانفلاق كبده.

هدأت من روعتها؛ فأبلغتني بحالتها.

زياد فقد شغفه في حبها، يظن بأن أمها ستكون الطرف الثالث الدائم في العلاقة. تلك هي الحقيقة، ولكن زينة تستحق أن يبقى بجوارها.

سألته هي إن كان يعتبرها أمه حقًا كما يقول فكان الجواب "أمي ذات نفسها مبتتدخلش في علاقتنا بالشكل ده"

حاولت أن تقنعه بأنها لا تنصت لكلامها إن كان خاطئًا.

"أنتِ يا زينة اللي تحددي الصح والغلط في علاقتنا مش أمك"

سألته إن كانت تلك الحقيقة فما ذنبها؟

فكان رده أننا نناسب أسرة كاملة ليس شخصًا منهم فقط.

أكدت له أن الاحتكاك بأمها سيقل عند إتمام الزواج فتلك سُنة الحياة.

"للأسف في حالتكوا دي أمك هتفضل ملازمة لينا"

تحشرج صوتها "يقصد إننا ملناش حد طب ما دي الحقيقة يا ريما أرميها يعني في الشارع؟"

صعب أن تتخلي عمن كنت له الكل..

-عندك حل يا زينة؟

-زياد أنتَ جاي تقولي قرارك يعني مفيش نية للحل من ناحيتك.

أعطته (شبكته) باكية.

لم يكن بإمكانها خسارة والدتها. كل الطرق تؤدي إلى خسارة؛ فأفلتت بأقل الخسارتين.

"أنا أخدت كل حاجة مرة واحدة وكنت فاكرة إن الدنيا ضحكتلي من تاني تقوم بكل بساطة تاخد مني كل حاجة...أنا حتى مش هعرف أشوفكوا تاني"

أمسكت يدها "لو هو جاي علشان يشوف صحابه فأنت كمان صاحبتنا"

كانت كلماتي كالشفاء لها...

لم تكن مشكلة زينة في مكانة الناس بالنسبة لها أو لهم... كل ما أرادته (شخص)، أي شخص يعلم بوجودها على وجه الحياة.

"عارفة إيه اللي يضحك؟"

قالتها زينة وأكملت "كنت لسا بكلم مي وبتقولي ميعاد الفرح وبباركلها، بعدها أنا فشكلت"

كل ما كنت أتخيله هو شكل آية عند سماعها لتلك الأخبار.

العُرس سيكون الشهر المقبل. تلك اللحظة التي يتوجب فيها قلب آية أن يقتنع بحقيقة الحرمان.

- طب أنتِ كويسة يا زينة؟

- اه، بس جعانة

أمسكت بيدها مجددًا وقررنا أن نأكل ونتسوق مع الرفقة.

لغة اليد هي الصندوق الأسود للمشاعر؛ اليد حقيقة الإنسان... تكذب فتُهَز يدك اعتراضًا، ترتبك فتتحرك أناملك بعفوية بحركات تساعك على التركيز، تحتضن أحدهم فتُفرد أصابعك على ظهره فيشعر بتلك الأصابع تغطيه كدرع محبة، تمسك بيد الغير حبًا فتكون

يدك رقيقة ودافئة بالحنان وكف يدك ينبض مُطمئنًا للممسوك يداه، ترى سيارة مسرعة فتباعد من هو بجانبك عنها، وتلك اليد هي ذاتها التي تضرب وتأذي، بل وتأتي بها شرًا.

يداك قاسيتان يا صفوان، ظننت بأنها صفة رجولية، ولكنها كانت تكشف حقيقتك أنت غليظ القلب واللسان... معي فقط.

هل تغيرت يا صفوان؟

ليس قِسطًا أن تزيدني حيرة وأسئلة لم تجبني على قدِيمها لتهديني جديدها.

خروج بلا هدف هذا النوع من الذهاب دون الوجهة المحتومة يجتاح رغبة الإنسان دون سبب مبرر. يبصم بالراحة والألفة في جوف المرء.

قررت إخبار آية الآن وهي برفقتنا على خبر الزواج. كانت تغسل يديها فنظرت لها.. في المرآة.

- ريما قولي عايزة تقولي إيه؟

- كريم

- هيتجوز؟

- اها

- مبروك.. ما طبيعي لازم يتجوزوا

قالتها بنفس راضية تمامًا... تقول الآن بأنها كانت على استعداد لهذا الخبر.

تتأهب له يومًا بعد يوم لتقل صدمتها. تلك هي سُنة الحياة خطبة ثم زواج.

تشعر بالخسارة ولا تلوم أحد على خسارتها.

أمسكَتْ بالمنديل الورقي "الكحل ده نوعه مش حلو" ترتبت وتجملت بكل هدوء.

- آية أنتِ فعلًا كويسة؟

- متأخر أوي سؤالك يا ريما.

عتاب بالابتسام أصعب من شجار بالكلمات، أنا ابتعدت وانشغلت بنفسي دون قصد... كانت معي في كل لحظاتي وسهوت أنا عن السؤال.

كنت عمياء للحد الذي جعلني أغفو عن ألمها، كانت تعاني في وحدتها.

خرجنا لليديا وزينة وأنا جلادة ذاتي.

مرت أيام وأنا أحاول ربط ما فُصل بيني وبين آية. بسبب محاولات أخذ قرار البعد أو القرب منه.

وقعت بمسمعي دون القصد وأنا أتصفح حسابي كلمات فيروز" زعلي طول انا وياك وسنين بقيت... جرب فيهن أنا إنساك .... ما قدرت نسيت"

تلك المرة أنا من ابتعدت... انتظرني يا حجر الزمان أن أعود لك في ثوبي القديم. حاولت نسيانك... لا فائدة أنا فقط هادئة لا أخطو لا للأمام ولا للخلف. أنا متمركزة كما أنا منذ لحظتنا الأخيرة.

أخذت أكتب في روايتي " أنت لي وهذا يريحني. أبعد وتنتظر أنت، أقسو وتلين أنت، أختفي فتظهر أنت.... أنا لا أنت. تلك بداية الحكاية، لنعكس الأدوار"

هيا يا راجية لنخلد للنوم فالغد شاق.

***

فستان أحمر مع أحمر شفاه وشعر أسود. تلك هي أنا ريما... أو راجية فلكل منهما شخصية. واحدة تتأنث بالألوان وأخرى يبرزها الأسود فتكون نجمة السماء.

ذهبت مع أخي نصطحب آية.

لن أتحدث عن حدة ملامحها الجذابة بهذا اللون الأبيض ولا عن مشيتها النابعة عن ثقتها بنفسها. سأتحدث عن الاختلاف بيني وبينها.

هي كأم كلثوم في عزة نفسها لا تتهاون، تتحمل وتتقوى بذاتها ولا ترجع عن قرارها حتى ولو كان "الهوى غلاب"، يأتيها المعتذر فتقول له "اسأل روحك". وأنا كفيروز... أحب

بكل طاقتي أعطي الكثير والكثير وأزيد في العطاء، أحب كما لم يحب أحد، ويراني الحبيب بشكل عادي.

ومن بين كل ما هو جميل في الحب "تركت الحب وأخذت الأسى".

حضرنا العُرس وكان برفقتنا حليم. أكلما تنظرين لكريم نظرتي لأخي؟

لا تقارني يا آية فالقلب يرى في القبيح كل ما هو جميل...

إن كان قلبك مع كريم وكان أخي يوسف، لرأيتِ كريم أجمل من أخي.

أحسدك على قوتك... أوقاتًا أتمنى أن أكون قوية مثلك. إن كان صفوان مكان كريم لكنتُ منهارة في زاوية المنزل.

بعد حوالي ساعة رحل أخي للمنزل بعد أن هاتفه والدي.

هكذا لن تجد آية مفرًا من مرأى كريم سعيدًا برفقة أخرى... ما من مرارة كمرارة عاشقة ترى حبيبها برفقة أخرى.

تسترجع آية الذكريات تتخيل نفسها العروس. ربما لهذا ارتدت الأبيض.

انتهى العُرس وذهبنا لنسلم جميعنا عليهما.

قبَّلت آية العروس... واحتضنتها متمنية لها حياة مملوءة بالسعادة والأولاد برفقة كريم.

صافحت كريم "مبروك"

فقد كريم حس التعبير وظل لحظات ممسكًا بيدها "عقبالك"

أفلتت يدها منه بهدوء مبتسمة.....

عزمت أنا على العشاء سويًا برفقة الفتيات في منزلي.

وصلنا للمنزل وكنا نضحك حتى فتحت الباب ورأيت أبي، أخي، أمي جالسين أمامي. هذا القفا أميزه بين ملايين القُفِيّ. إنه صفوان يجلس ومعه هيثم.

دخلت بهدوء لأمعن النظر

أبي: صفوان ولد محترم جاي يطلبك مني.

صفوان: موافقة؟

يضعني أمام الأمر الواقع لأنه يعلم أنني منتظرة تلك اللحظة منذ زمن.

أردت الرفض بدون أن أبدو رافضة أخبرتهم بأن الأمر لا يتعلق بقبولي أو رفضي، ولكن المشكلة أنني فسخت خطبتي منذ فترة ليست بطويلة. عقد صفوان حاجبيه وضحك هيثم بخبث.

بدأ أبي بإيجاد حل للموقف قال بأن الأمر مجرد خطبة ليست بزواج ثم أن الأمر ربما نؤخره قليلًا، ولكن يتوجب علي الموافقة أو الرفض.

أشارت آية بالرفض، زينة بالموافقة، تمنعت ليديا عن الإشارة، تبسمت أختي كالبلهاء.

إن رفضته سأخسره وتلحق به نفسي للأبد، وإن وافقت سأخسر نفسي.

عصفور في اليد خيرًا من ألف على الشجرة.... "موافقة"

***

يومان هي المدة التي مرت على اللحظة التي كان من المفترض أن أكون فيها مُنشرحة الصدر، أنا سعيدة، ولكنني تخيلت الأمر بشكل غير ذاك.

أشعر بوصولي لخط النهاية وتخاذلت كالأرنب وأتي صفوان (السلحفاء) وسبقني.

في الواقع أصبح نوعًا ما يهتم بكل تفاصيلي، أخبرته بشأن روايتي الجديدة؛ ففخر بي.

يريد أن نحتفل برفقة أسرتنا قبل السفر بخطبتنا.

وبالفعل جهزنا كل الأمور في أقصى سرعة ممكنة.

بعد ثلاثة أيام كانت الأمور مرتبة منظمة. هل تهدي الحياة شباب المستقبل أضواءً في آخر النفق؟

ها ذا أنا بجانبه سعيدة والكل حولنا وها هو الوضيع نور أتى وكأن شيئًا لم يكن، يا لها من وقاحة أن يفسد الإنسان حياة من حوله ويتظاهر بالفرح عند تمام فرحتهم.

والد صفوان يقف أمامي لأول مرة لا يبدو عليه الفرح أو الحزن، وسيم كشبله، يتخلل شعره البياض وتغمره تجاعيد لم تقلل من جاذبيته. وتلك الفتاة يقول لي صفوان بأنها قريبته، تقف بعيدة عن والده ويتجاهلها هو.

فقط والده وقريبته؟ أسرة متناهية الصغر... تلك هي حياة صفوان في الواقع دائمًا ما يُقلل من علاقاته حتى تنحصر الدائرة.

أتى والده للمباركة "مبروك يا جوزيـــ...."

قاطعه صفوان بسرعة "ريما يا بابا ريما"

رفعت حاجبًا ونظرت لصفوان "هو بابا ميعرفش أنتَ هتخطب مين؟"

- حبيبتي راجل كبير متاخديش على كلامه

رجل عجوز يتذكر حبيبة خطيبي السابقة، لم يأتِ كالعرف في بلدنا ليتفق مع والدي على المشتريات وما عليه وما علينا بحجة مرضه. ما شاء الله يبدو بصحة أفضل مني.

تلك الفتاة قريبته لا ترقص مع الفتيات فقط تغني وفرحة. وتنظر له بفرحة شديدة. نظرت لها فخجلت، تبدو في عمر مليكة. أتت على استحياء.

- مبروك يا ريما

حمدًا لله، أحد في تلك الأسرة يعرفني.

قبلتني واحتضنتني "متبعديش عن صفوان تاني"

وقبلت صفوان واحتضنته. "مبروك يا حبيبي"

هل الغباء وراثي في تلك العائلة الكريمة؟ يفعلون الشيء وعكسه.

ماذا يا جميلة هو يقف بجانبي لا يبدو علينا الحب حتى في الخطبة؟

تقولين لي أن أبقى معه وتقبليه بعدها، هل هذا مبرر لأتركك هكذا؟

التقطنا صورة تذكارية وهي تقف في الوسط.

- هو أنتوا بتبوسوا بعض عادي كده؟

- دي في سن مليكة.. لو سلمت على مليكة هيكون غلط؟

- بس مليكة أختي

- ودي أختي

أمر عادي ... حركة بسيطة، لقد تحملت أمور أصعب من هذا، لن أفسد فرحتي من أجل قبلة ليس هو ببادئها... أمر واقع حدث له ولم يحسن التصرف هذا كل ما في الأمر.

ذهبت للفتيات نرقص ونغني، ورأيت نور يقترب من صفوان ويتكلم معه ويبدو بأن الكلام احتد بينهما فترك نور المكان. حاولت سؤال صفوان عن الأمر، ولكنه لم يعطني جوابًا صريحًا وراوغ من الإجابة "مش وقته".

لم ينتهِ غرابة اليوم هنا فتلك مي تقهقه مع آية وآية تبادلها القهقهة.

زينة لا تحاول أن تنظر لزياد الذي لم يُنزل عينه من عليها.

يريدها أن تبقى وهو بتاركها. لا يصح للمرء مقارنة نفسه بغيره؛ فالحب يختلف.

حبنا لمن نتزوج يختلف عن حبنا للأصدقاء، يختلف عن حبنا لأولادنا، وحبنا للأهل... لكلٍ منهم مقام ومقال فلا يمكن مقارنة الأمور.

الأمر أشبه بسؤالك إن كان الطاووس أجمل أم الدولفين أذكى.

الكل يبتعد من الساحة لدخول ليديا. ها هي تتمايل بخصرها وترقص ناظرة لبيشوي وكأنها تريد إيصال رسالة له.

كان يهتز خصرها مع النغمات بتناسق شديد... تلك أول مرة أُقدر فيها بأن الرقص الشرقي قد يكون فنًّا...

انتهت رقصتها ودخلت البنات معها للرقص، خرج بيشوي ليحرق لفافة التبغ كما يحترق هو.

ربما الوحيدة التي لم ترقص اليوم هي أختي. لديها أسلوبها في الفرح، ليست كبقية البنات ولا كبقية جيلها في بعض الأوقات تكون أنضج مني بشكلٍ ملحوظ.

كانت هي من تحل لي مشاكلي مع صفوان في بداية علاقتنا وكانت أصغر... وكلما كبرت كلما صار رأيها واضحًا وصريحًا، ولكنه كان حادًا تجاهه فتوقفت عن سؤالها لحل مشاكلي.

"والله صفوان ده كان يستاهل واحدة زيي تعلمه الأدب" كانت تلك جملتها الدائمة. أنا لا أريد تربيته وترويضه وأنا أريده أن يتغير لأجلي... أن يكون كما أريد بدون إخباره كيف أريده أن يكون.

أردته فقط أن يستفتي قلبه.

لا يحب صفوان الرقص على عكس رفقته... يقف ويحاول مجاراتهم، ولكن كان يكفيه شرف المحاولة.

تدخل فتاة بيضاء شقراء وتمشي نحوي..."جوزين!"

إنها أمامي.. تلك التي مازال يحبها تقف أمامنا للمرة الأولى.

فمها بجانب أذني "كان نفسي أقولك مبروك بس أنا جاية أقولك إنك بتظلمي نفسك"

ابتسمت له "أما أنتَ بقى مبروك...خطيبتك زي القمر خلي بالك منها"

ورحلت... أتت لتعكر صفوي، أرادت الظهور في قلبه مجددًا هو لم ينساها حتى تجدد حبه لها.

عيناه تتلألأ. صفوان لقد قطعنا شوطًا طويلًا لا ترجعنا لخط البداية.

انتهت الخطبة برحيلها ورحيل فرحتي.

خرجنا سويًا للعشاء، وكان شاردًا.

ليست أول مرة أريده أن يكذب فيها... إنها أول مرة أخشى سماع إجابته فنعود للبداية.

- لسا بتحبها؟

- مش سؤال يتسئل في يوم زي ده.

- مقدرش ألومك إنها لسا في قلبك.

ليس لنا شأن باختيار قلوبنا هذا ما يؤلمني. "جوزين" هي الأمر الوحيد الذي لا ألومه عليه، هي كابوسي... تظهر أمامي في كل لحظة تتحسن فيها علاقتي به.

يقول بأن الأمر لم يعد كسابقه بالنسبة له، الأمر فقط هو عدم معرفته بتحديد شعوره. لا يعلم لماذا أتت اليوم؟

"الإنسان ممكن يغلط غلطة واحدة يا ريما ويفضل يدفع ثمنها طول حياته"

أنا أم هي يا صفوان من الغلطة من وجهة نظرك؟

هل ندمت على خطبتك لي كندمي لقبول ابن خالتي؟

مجددًا أشعر بأن جسدك لي وقلبك وعقلك معها.

لطيفة هي حقًا يا صفوان. تُحب فعلًا، وأنا ايضًا أُحب، ولكنها حجزت مقعدًا في قلبك قبل وصولي فلا ترى غيرها.

سيمضي اليوم بختام حزين وتساؤلات كثيرة عنك.

كنت أظن بأن الأجوبة ستنهال فوقي عندما تكون علاقتنا رسمية... إنها تزداد تعقيدًا يا حجري الأملس. والغريب هو عدم لومي لك ومشكلتي هي خلق التبرير لحياتك.

***

أسبوعان وثلاث ليالٍ تلك هي الفترة التي قضيناها علنًا يا صفوان... تدخل بيتي ولا يبرحك أخي ضربًا.... إحساس جميل وغريب.

سنخرج اليوم وتريد أختي القدوم، توقعت منك كلام، معتادة على سماعه في الأفلام الرومانسية كأريدك وحدك، ما برحنا من خطبتنا حتى تلزقين بنا طرف ثالث يا حبيبتي.

لم تقل كلمة اعتراض على الموقف... لا أعرف إن كانت تلك مشكلة حقيقية أم أنا من أرفع من أحلامي فتسقط فوق رأسي؛ فأفيق على الواقع العادي...

عادي للحد الذي يخيفني؛ فما من أمر عادي في حياة ليست عادية.

كانت مليكة تدقق في كل تفاصيلك هذا اليوم كيف تأكل، تشرب، تتكلم.... لا أريد تناذر اليوم يا مليكة.

لم تكن كعادتك يا صفوان قليل الكلام أنت، وتلك المرة أنت عديم الكلام

هل أختي السبب أم هناك ما يشغل عقلك؟

في تلك اللحظة دخل هيثم للمكان ... كان في عيني مليكة بداية للعنة وقعت أنا فيها مسبقًا.

جلس هيثم، هذا شبيه صديقه يتكلم مسلطًا نظرات مشفرة لها!

صفوان لم يكن هنا... جالسًا شاردًا دون جدوى.

همهم له هيثم بكلمات لم اسمعها وإذ بصفوان يطلبني للوقوف في الهواء والتكلم.

هواء نقي ونظيف يفوح منه عطرك...

- هو هيثم عايز إيه من أختي؟

- I don't know

- You know....

- أختك عندك يا ريما لما تروحي اسأليها.

تغير مسار الكلام للسفر.. "أنا لازم أسافر يا ريما الأسبوع ده عندي مشاكل في الشغل"

تكذب أنت يا صفوان ينقبض قلبي حين تكذب... أشعر بخفقان غريب نحو كلماتك الكاذبة... لا تستطيع النظر في عيني حين تكون كذابًا.

سأسافر معك في كل الأحوال فأنا أيضًا علي الذهاب، وآية ستأتي.

لم يتحدث عن نور طيلة تلك الفترة لا أعلم هل انتهت صداقتهما أم هي فترة بُعد عادية قابلة للقرب مرة أخرى.

انتهى يوم لم يكن له أهمية إلا في زيادة ضربات قلبي.

أعرف تلك الابتسامة التي على وجهك يا مليكة... أخشى أن يكون هيثم على دين خليله صفوان.

لا أرضى لكِ أن تعيشي قصتي يا مليكة...

ارتمت مليكة على سريرها مبتسمة ناظرة للسماء عند دخولنا للمنزل.

دخلت لأراها على تلك الحالة...

- ينفع نتكلم

- أكيد يا ريما

- لطيف هيثم

- يعني.. اه.. شوية

تحاول التظاهر بعدم الاهتمام سألتها صراحة إن كانت تحبه فكان ردها بأنه حقًّا شخص لطيف، والحب كلمة كبيرة لا تأتي من فقط كونها معجبة به.

شعرت بنوعٍ من الراحة من سماع تلك الإجابة، فخورة أنا بكونها متجنبة خطواتي العاطفية.

سألتها عن صفوان فهي كانت دائمة انتقاده رُغم كونها لم تتعامل معه قط.

تقول بأنه متمكن من لغة جسده وعلي الحذر من هؤلاء الذين يتحكمون في لغة جسدهم، قليل الكلام للحد الذي قد يثير تخيلات المرء لرسم شخصيته الحقيقية "قاتل متسلسل"، هكذا تُشَبه مليكة شخصيته.

قد تكون محقة هو حقًّا قاتل، والقتل ليس سكينًا أو خنقًا، قد يُقتل المرء بطرق مختلفة ... وهذا ما يجيده هو، يقتل بهدوء ودم بارد... يتركك لعقلك فينهش العقل كل (عصبون) في جسدك.

***

سنسافر اليوم... وطيلة تلك الفترة لم نتكلم سوى مرة وكانت عن تذكرة الطيران.

قابلنا زينة وليديا للمرة الأخيرة.

تجشَّمت زينة من فكرة بعدنا فحالها ماديًا لا يسمح بالسفر وإن وفرنا لها تذكرة طيران فلن تترك أمها وحيدة.

أما ليديا فأخبرتنا بأنها ستزورنا قريبًا.

الغريب هو حضور مي.. نظرت لآية "طلبت تشوفني فقولتلها تيجي هنا يا ريما" طلبت مي التفرد بالحديث مع آية كنت أتابعهما عن بعد، تبكي مي أمام آية!

تلون وجه آية بشتى الألوان.

رجعتا لنا بابتسامة مخادعة، يخدعان أنفسهما قبل خداع الناس.

الابتسام في وقت الضيق مؤلم أكثر من البكاء.

تتحدث زينة عن ألمها بقولها "لا يُمحى" ظنت البعد حلًا فأصيبت بسهم الاشتياق.

الكل لديه حكاية، وهناك من يعلنها وآخر يبقيها سرًا.

الكل لديه حزنه الخاص وتتفاوت درجات تحملنا.

قد يتحمل ابن آدم أذًا جسدي ويسقط شهرًا من خذلان قريب.

أتذكر تلك المرة التي تشاجر فيها أبي وأمي وأنا صغيرة... طلبت أمي الطلاق.

ابتعدت شهرًا ورجعت، وللأسف شيئًا قد كان، لم أستطع تقبل فكرة قدرتها عن الابتعاد عني حتى ولو كان تهديدًا لأبي... في شهر البعد تحملت مسئولية البيت، أخي، أختي، وأبي... لم أظهر حُرقتي وهواني على أمي في وقتها؛ فجلست شهرًا بعد ذا الشهر صامتة نائمة في سريري.

ربما منذ هذا اليوم وأنا أشعر بأن تركي أمر ليس بصعب حتى بالنسبة أمي.

تختطفني كلمات حزن من حولي فأصير مهمومة على حالي وحالهم.

انتهى تجمع المحزونين الأربعة وضيفة الشرف البائسة مي.

حسنًا...سنعود يا صفوان للندن وأقسم بأن زواجي لن يكون إلا في حالة معرفة كل تفاصيلك.

"على السادة الركاب ربط الأحزمة"

***

لم تعد عودة حميدة... صارت حياتي تنعطف وتتشتت وبقيت أنا في المنتصف تجذبني السبل في اتجاهات شتى؛ فتمزقت أطرافي.

صفوان العصبي مع الجميع والهادئ معي... صار صوته المرتفع على حبيبته (أو هكذا ظننت أنا) يوقظ أبناء المملكة فينظرون لي نظرة من يرى "المقهورة".

بدأت الحكاية بعد عودتنا بيومين لم يخاطب أو يهاتف.... طلبت مكالمته فأتى مُغضبًا دون سبب "Where were you honey?" كان جوابه ضربًا لدولاب السيارة..

هلعت من منظره يصرح بكوني ضاغطة على حياته لا أترك له مجالًا للحركة لا أغفر ولا أنسى.....

تلك ليست صفات ربما إنه أنت يا صفوان...

تزعزعت لوهلة، الناس يقفون للمشاهدة وكأنه مشهدًا من فيلم...

رغبت في انشقاق الأرض لابتلاعي.

دخلت السيارة وبكيت، وجلس هو على الأرض خارجًا وخر باكيًا.

تسحقني بتصرفات لا أجد لها تبريرًا...

"I'm sorry, I've a bad day" تدخل السيارة ناظرًا لي

هذا ما يسمونه العذر الأقبح من الذنب...

إن كانت هذه طريقتك للتعامل معي فالفراق الحل ولو طال تنفيذه.

تتحسس ذقني؛ فأنزل يدك وأطلبك العودة للمنزل.

"Really!"

المطلوب مني احتضانك وأنا ملطخة بنظرات الشفقة من الناس؟

تكمل كلامك بأنني إن تركتك في تلك الحالة لن يكون خيرًا.

لا يمكن أن أكون بجانبك خوفًا منك أو رعبًا من بعدك... أريد البقاء لأنني أريده، لن أنفذه لتسحب كلمات التهديد، أريد أن أكون معك طوعًا لا غصبًا. أنا لست قليلة حيلة يا صفوان ولدي من الحلول ألفًا، كل ما في الأمر هو قلب تسكنه أنت وعقل يريد طردك.

في طريق العودة وجدت نور يتصل، أوقف السيارة وقام بالرد عليه وأشار لي بالتكلم.

- ريما والله أنا عايز مصلحتك

- مش فاهمة

- لو مش عارفة حقيقة الشخص اللي قدامك ولا ذكرياته تكملي معاه ليه؟

- دي بسبب حاجة بيقولوا عليها مشاعر ودي مش عندك

- لو تسمعيني هتكسبي

- وأنت هتستفاد إيه....

- سؤال جوابه مش هيفرقلك

أغلق الخط في وجهه وأحاطني بنظرات الشك

- بيكلمك من امتى؟

- أنا محتاجة أفهم هو قصده إيه وهي قصدها إيه والناس دي كلها شايفينك غيري ليه؟

- أنتِ بس اللي شايفاني صح

- أنا بس اللي مضحوك عليا تقريبًا

- طيب لو رديتي عليه تاني اعتبري كل اللي احنا فيه ده منتهي

أنت تشك في تلك التي تعففت عن الكل... كنا من أيام الجامعة إن رأت الفتيات شاب جميل ووسيم يقولون لي أنظري... كنت أتجاهلهم، لم أرد رؤية رجل غيرك...

كنت لي الكل وكنت السيدة لا أحد بالنسبة لك...

أنا كعشٍ هجره الطير فتشبث منتظرًا العودة... تحمل عواصف وليالٍ صعبة وبدلًا من الانهيار والدمار، خرجت منه زهرة وردية اللون لتزيده جمالًا أملًا في عودة الطير؛ فينبهر بجمال عشه الفقيد ويبقى دون بعد من جديد.

انتظرتك طيلة شبابي وحفظت لك عرضك الذي تخليت أنت عنه، كنت أعود لك صبرًا، باحثة فيك عن شعلة وسط ظلامك... وحين وجدتها كنت أول المحترقين بك يا حجرًا ليس بأملس.

أوصلني للمنزل ولم أجد آية بالداخل... أين تلك الفتاة؟

اتصلت بها ولم تجب. اتصلت مرارًا وتكرارًا دون فائدة.

عادت بعد أكثر من ساعة "مبترديش ليه"

تتحجج بكونها لم تسمعه... لا لكذب لم أعد بحمل هذا اللغو. يمكنها إخباري برغبتها في عدم الرد وتريد الهدوء وأنا سأتقبل.

- ربما لو عايزة تتخانقي بلاش النهاردة

- والله! أنا دلوقتي اللي بتخانق

تركتني ودخلت لغرفتها... لم يكن لها ذنب في زوبعتي.

ربما هذا ما حدث مع صفوان.. أنا أحب آية ولا اقصد أذيتها، أنا فقط متعبة الأعصاب... ربما هو حقًا هكذا ... وإن يكن، أنا سأنتظره ليتصل. أنا سأصلح ما أفسدته مع آية وهو يصلح ما أفسده معي.

دخلت غرفتها بعد نصف ساعة فإذ بها تجري للمرحاض تتقيأ.

تبدو متعبة للغاية ... دخلت لسريرها متألمة فلحقت بها... وببسمة رقيقة منها "متقلقيش ده تعب بسبب تغير الجو... هو حليم أخوي بيكلمك؟"

لم أستطع الرد... في الواقع حليم يراسلني ويهاتفني يوميًا، يقول بأنه لن يستطيع تحمل المسئولية، وشخصية آية قوية ولا عيب في إعترافه بشخصيتها الأقوى منه... يخشى أن تقود منزله امرأة.

وجهة نظره صحيحة أو خطأ كانت، لن أخسره فهو أخي

طلبت منه أن يمعن التفكير.. "ريما الحب مش كل حاجة واحنا لسا على البر"

تلك الفتاة تعلقت به كيف لي إخبارها بحقيقة هذا الجبان...

- عينيكي قالت كل حاجة يا ريما... على الأقل بس كان يعرفني قراره

غطت وجهها بالغطاء واهتزت بردًا....

هو أخي، وهو نذل... محزن هو ترك الإنسان دون نية في الوداع.

يخشى الإنسان المواجهة. تنبت أفكار المواجهة ذات النهاية المأساوية في عقل الناس فيقررون الاختفاء في صمت ويُفاجئون بعد ذلك بكونه في مثابة قنبلة "Fat Boy" المدمر للمعنى بالأمر. يريدون الرجوع على الأقل للإصلاح ولو بكلمة، وفي تلك اللحظة تكون ردود الأفعال غير متوقعة.

أنت حر في فعلك فلا تلومن رد الفعل.

***

في الصباح الباكر وجدت آية بمشروب الليمون الدافئ فداعبتها "هتغني ولا إيه؟"

ابتسمت ووضعت يدها على الأريكة بمعنى (تعالِ إلى هنا واجلسِ) ... تعاملني معاملة القطة.

تلك اللحظات الهادئة تكون الأكثر جدية في كلام آية

تقول الآن كلمات لا أفهمها.... تقول الإنسان قد يعذب لذنب اقترفه فيصاب بخيبة الأمل في أبسط أمور حياته. يحرمه الله من ملذات الحياة..

- تخيلي إن مي جت تعيطلي أنا من كريم... مش عايز يخلف منها

تبكي فهي على يقين بأن مي تعرف بحقيقة علاقتها السابقة مع كريم.

أتت مي منكسرة لم يكن شكوى من كريم بل كان طلبًا لاختفاء آية.. لم تأتِ لتودعها، بل أتت لتتأكد من رحيلها دون رجعة... مي لا تكره آية، ولكنها تحب كريم.

آية بالنسبة لها شخص جيد... جيد للحد الذي يجعلها ترغب في إبعادها عن أنظار كريم... تريد بدء حياة وأسرة مع من تحب فتجد آية عقبة حياتها وذنب لم تقترفه هي.

تقول آية بأن الله سيستجيب لتلك المسكينة وستختفي عن حياته ولن تعود... تبكي دون سبب واضح وبين بالنسبة لي.

تمسح دموعها "ما علينا" ... بكل تلك السهولة يا آية!

تبكي وتبكيني، ومن ثم ترمي تلك الأحمال من وراء ظهرك...

في تلك اللحظة يرن هاتفي لأجده مجددًا نور الذي حذرني منه صفوان..

تنصحني آية بمسايرته...

رفضت فأنا أخشى مضايقة صفوان ... نور يريد أذية صفوان والسبب مجهول بالنسبة لي.

يقوم بإرسال صورة لمنزل صفوان، إنها تلك الفتاة التي ظهرت معه في تسجيل الفيديو...."مش قولتلك خاين يا ريما"

وجدت نفسي أهرع وكأن محيطًا يرميني موجه على بيت صفوان..

أطرق على الباب داعية الله بأن تكون صورة قديمة في وقت الحدث المشئوم.... يفتح صفوان الباب فأبعده عن طريقي سائلة عن مكانها.

صُعق من السؤال وتظاهر بالغباء. وقبل أن أكمل كلامي وجدتها تخرج من غرفته. "ريما هفهمك..."

لم أنتظر كلماته الكاذبة فسألتها عن هويتها وعلاقتها به.

"His fiancée"

مستحيل بالطبع مستحيل "صفوان لو هي خطيبتك أنا أبقى إيه؟"

أتيت ظنًا مني بأنها عشيقته فأكتشف بأنها في مكانتي عنده..

- ريما أنتِ أساسًا مين اللي قالك تيجي؟ رديتي على نور مش كده

كفى... قسمًا بالذي فطر السماوات والأرض سئمت من لعبة تبديل الأدوار..

- لا بعتلي صورتكوا

- وبتصدقي صورة!

كفاك كذبًا، أتتغذى على خداعي؟

لم أشعر بنفسي إلا وأنا ألطمه على وجهه رامية بدبلتي على الأرض...

جرب أن تتنازل مرة وسيصبح الأمر فرض عليك، تحملت عبؤه باسم الحب.

كان بي أنين بسبب نصف رجل والآن لدي ثلثه...

كنت أتوقع التغير بعد تقدمه لخطبتي، كنت غبية... لقد استدرجني بدُبلة وأنا بكل سذاجة وافقت.

شيطان صفوان أقوى من كافة أنواع الحب... أهل، صداقة، زواج ....

أكتم صيحات المآسي دون جدوى... أعيش على نور كاذب، هُداك صار مستحيلًا، لم أستطع هدايتك، الله وحده قادر على تغييرك، ولكن الله لا يغير ما بقوم حتى يغيروا ما بأنفسهم يا صفوان، أنت تحب كونك المؤذِي وتعشق لعب دور المؤذَى.

كنت لك ناقة صالح وكنت لي أحد أشرار قوم ثمود..

كيف لك أن تقتل من تحيا به؟

أنا لم أرد منك أن تبادلني مقدار الحب ذاته، أنا فقط أردت منك تقدير هذا الحب.

لا ألومك.. ألوم قلبي الذي تعلق بأكذوبة الحب والأساطير.

كنت أظنني سأكون بطلة إحدى رواياتي التي انتهت قصتها نهاية تطير فيها الفراشات.. أنت التهمت فراشات النهاية السعيدة يا أصلب حجارة الزمان، لم تعطينِ سببًا للبقاء وأهلكتَ ما خلقت أنا من أسباب للبقاء.

توجهت للمنزل، إنها آية جالسة على الأريكة يصاحبها سعال شديد.. في الواقع آية تأتيها تلك النوبة من فترة للأخرى.. أسرعت لأحضر البخاخة،

لا أجدها... "آية طب حاولي تقوليلي مكانها فين" إن السعال في تزايد وتحول وجهها للون أرجواني. لا أستطيع التصرف صفوان يكون بجواري في تلك اللحظات... سأتصل بهيثم هو الحل "هيثم أنا معرفش أنتَ في لندن ولا لأ بس آية تعبانة ومش عارفة أتصرف....... أطلبي الإسعاف وأنا هحاول أتصرف أنا لسا في مصر"

أغلقت المكالمة واتصلت بـ 999

سيأتون الآن تماسكي يا آية...

تهتز قزحية عينها، والأوكسيجين ينسحب من جسدها.

أتت الإسعاف في غضون دقائق.. وكانت آية تفيق من تلك الحالة.

سألها المسعف إن كانت تعاني من أمراض مزمنة فأخبرته بأنها يتوجب عليها القيام بـ"خزعة".

تعجبت من جملتها، وتشير هي لي بالتأني.

كان هيثم معي دائمًا يخبرني بما علي فعله عند وصولي.

ها قد وصلنا...ما هذا؟ لماذا أتيت يا صفوان؟

أنا بحاجة لك، أنا وحيدة وأضعف من أن أساعدها.... كسرت نفسي يا صفوان.

إلى متي سأملم فُسيفساء قلبي لأصنع لوحة فنية؟

لا تقترب أكثر "خلي مشاكلنا على جنب دلوقتي"

بعد كل تلك المحاولات تأتيني اليوم لتقول لي بأنه بالإمكان أن نضع خلافاتنا جانبًا!

كنت أستحلفك بكل قريب لقلبك أن ترحمني عند المشكلات.

أن تكون بجواري عند المشكلات حتى ولو كنا ثلج ونار.

ها نحن ذا ندخل مع آية ويمنعونا من الدخول معها.

"هما هيعملوا اللازم"

أومأت برأسي وبكيت.

أبكي على هواني وضعفي... أبكي على خسارتي لكل ما كدت أناله.

أشعر بيده على كتفي أو أتخيل ما أفتقد في تلك اللحظة.

- أنا مش هتكلم في حاجة بس أنتِ فاهمة غلط

- مش هسمع حاجة كفايا كدب عليا... كنت هبلة لما افتكرت إنك هتتغير لما سيبتك تيجي عليا وتهين كرامتي، كنت غبية لما كنت بلاقي ألف سبب يخليني أبعد عنك وأخلقلك سبب يخليني معاك.... لو بتحبني سيبني يا صفوان، البعد عنك موت والقرب منك موت بطيء.

- بس أنا مستحملش تبعدي عني وتموتي

- دي المشكلة انت مش عايزني أبعد عنك... انت متعتك في تملكي... وعلى الأقل لو هموت يبقى هموت بكرامتي

- أنا عمري ما هنت كرامتك....

- مش انت اللي هنت كرامتي أنا اللي هنتها بحبي ليك

يمسك يدي وكأنني لم أقل شيئًا.. يقول لي عندما أهدأ؛ سأندم على كلمات البعد تلك.

خرج الطبيب من غرفتها... يقول ستمضي يومًا هنا.

طلب مني أن أعود للمنزل لأحضر الأشعة والتحاليل التي أجرتها آية...

أي تحاليل تلك قامت بها... متى وكيف لا أعرف بأمرها؟

أردت الخروج، وطلب مني صفوان توصيلي... لا طاقة لدي لرفض المساعدة. عم الهدوء حتى وصلت.. دخلت غرفتها، لا أجد شيئًا...

أسفل وسادتها!

تخفي عني تعبها المجهول؟

أشعة سينية.. مع تقارير كثيرة.

أنا لا أفهم في الطب، ولكن الأمر بديهي.

خزعة، تكتلات تُرى في أشعتها السينية، ضيق تنفس وتخفي الأمر..

إنهم يشكون في سرطان الرئة...

لم ألحظ مرضها ولم أعطهِ بالًا.. تلك ليست أول مرة تحتاجني فيها آية ولا تجدني. قالتها لي أكثر من مرة... شغلني عبث صفوان عن كل ما يحيط بي.

أنا لم أكن بجوار رفيقة دربي... لا تستحق التعب...أنا من أستحق.

تاريخ الأشعة والتحاليل!

هذا اليوم الذي تأخرت فيه عن المنزل وتشاجرت أنا معها..

انا أنانية وغبية، حتى لو سامحتني هي... أنا لن أسامح نفسي.

عدت لصفوان شاحبة. "أنتِ كويسة؟"

- أنت خليتني مش شايفة غيرك... نسيت نفسي وأهلي.

- انا مش وحش كده يا ريما... متقوليش كلام يوجعني أنا مستاهلش منك كل ده

لا أستطيع ردع دموعي.. هزمتني مجددًا.

يعطيني منديلًا.. ويربت على كتفي كطفل وجد أمه مريضة.

عُدت لآية وسمحوا لي بالدخول.. "ليه؟ ليه مقولتيش يا آية؟"

آية تبكي وأشاركها البكاء... أحتضنها فنتأوه خوفًا وتعبًا.

تظن ريما بأن هذا النصيب وهذا قدرها تتحدث عن الأمر وكأنه واقعًا

- بس في أمل تفكيرنا يكون غلط يا آية.

- للأسف لأ يا ريما... أنتِ ناسية إن ماما ماتت بنفس الطريقة. ده وراثة... ناس بتورث فلوس من أهلها وأنا وارثة طريقة الموت.

تكمل آية كلامها...تذكرني بكل ما نتناسى.

تعتقد أن هذا جزاء ما اقترفت من ذنب في حق كريم.

يأخذ الله بثأر كريم في صحتها...في وحدتها. دائمًا ما كانت وحيدة من بعد وفاة أمها وزواج والدها بامرأة جديدة.

ماتت هي مرة عند شعورها بنسيان أبيها لأمها.. وموت جديد بعدما ابتعد والدها تدريجيًا عن المنزل ومكث برفقة الجديدة. جَزَرَها حين أنجب ونسى ابنته التي كانت يومًا وحيدته.....

اعتادت على الجفاء فكان ردها على حب كريم جفاء....

لا تزر وازرة وزر أخرى يا آية... إن كان لدى كريم ثأر، فالقلب بالقلب لا بالصحة.

- ينفع أرجع مصر؟

- هنرجع والله هنرجع

- مش عايزة أموت هنا.

أرى صفوان يبكي على باب الغرفة.....

من أشرس أنواع العتاب، عتاب النفس... أن تقول هي لك كل ما أغمضت عنه عينك من ذي قبل.

يقولون بأن البكاء يشفي، ولكن ماذا إن بكى المرء جاهلًا سبب البكاء.

تنحب حتى تشعر بأن قلبك على وشك التوقف.

في تشتت بين حالك وحال من تحب. ناظرًا مكبلًا أنت دون أدني حق في التحرك.

لا تعلم هل كنت دائمًا هكذا مسير أم كنت مخيرًا يومًا والآن أنت ترى نتيجة ما خُيرت.

يأتي صفوان متظاهرًا بالقوة.

- هتبقي كويسة يا آية

- من قلبك؟

- يمكن كنت بشوفك بتقويها عليا ونفسي تبعدي عنها... بس مش لدرجة إنك......

- قولها عادي، مش لدرجة إني أموت.... دي أختي يا صفوان ده اللي أنت عمرك ما فهمته.

ابتعدت قليلًا أفكر ماذا عساي أن أفعل، لا تهمني أكاذيب صفوان وتلونه كالحرباء. سأتصل بحليم...

"مستحيل"

كان هذا الرد الذي بُرمج عليه حليم..

تشعر وكأنك تركتها لذاتها!

تتعجب لقوتها وأنت تبتعد عنها... لا تلومك حتى.

كونها مثالية في الفترة الأخيرة هذا يزعجني يقولون بأن من اقترب موته يكون جميل الروح.

ابتعدت عن كريم؛ فساندت زوجته وتفهمت الأمر، كانت معي دائمًا، لم تعلق مشاكل حياتها على كتف والدها، سامحت أخي.

كانت مع الكل وتركها الكل وحيدة.

هاتفت ليديا... ستأتي لنا، ستعطينا من قوتها.

هي لي "أرتميس" حامية الأطفال.

مرت ثلاث ليالٍ وأنا أرتحل بين المنزل وغرفة آية في المشفى.

تتحسن وتسوء بين عشية وضحاها. يحاول أن يكون صفوان هنا دومًا...

أنت لا تعلم يا صفوان بأنني لم أعد أشتهي قربك. كنت أول من أركض نحوه والآن أنا منك نافرة.

ما شاهدته على هاتفي كان حقيقي يا صفوان... لقد رغبت في غيري... أنا أنتقد نفسي يا صفوان.

كنت أعلم دائمًا بأنك شهواني... ترغب في كل ممنوع. ربما تلك المرة ما اختلف هي رؤيتي لك.

كذبت عيني مرة، والآن أنا لمست الحقيقة في منزلك يا صفوان... كانت تخاطبني وكأنني أنا من أسرقك.

لا يعقل كيف يقبل إنسان أن يكون سلعة تُسرق في الأسواق...

ستأتي ليديا اليوم، ستُبعدك عني.. أخبرتها بأن قربك كالورد الشائك جميل ومؤذي.

يتصل بي نور مرارًا وتكرارًا وأمتنع أنا عن الرد. لا أعلم إن كنت أصون لك كرامتك أم أنا خائفة من معرفة المزيد عنك.

أنا فاقدة لأبعاد الزمان والمكان... لم أعد أعلم في أي يوم أو حتى فصل نحن... حدثت الكثير من الأمور المروعة في الفترة الأخيرة حتى صار الصباح والمساء سيان بالنسبة لي.

ظهرت أمامي مخلِّصتي من تلك الأهوال.

مَكنوفة أنا بين ذراعيها... لم أبكِ، ما عاد البكاء يريحني، ما عاد الصراخ ينفعني، وما عادت الكلمات تصفني.

تدخل ليديا لآية لتجدها ملاكًا نائمًا.

تعدني ليديا بأننا سنعود لمصر في أسرع وقت. تذهب لتتحدث مع صفوان في أمور لا يهمني معرفتها.

يتجهون نحوي سويًا.. "صفوان عايز يقولك اللي فهمه من الدكاترة وأنت مش مدياله فرصة حتى يشرحلك"

طلبت منها أن تفهم منه وتحدثني في الأمر حين يبتعد، ولكنها لم تهتم لكلماتي وأشارت له بالحديث.

يقول بأنها مُشخصة بـ SCLC سرطان الدم ذو الخلايا الصغيرة.

ظننت بأنه نوع هين من كلمة صغير أي يمكن تحجيمه؛ فكان الجواب بأن هذا النوع شرس ويمثل خمس عشرة بالمئة من إجمالي الحالات.....يقول بأنه ينتشر بسرعة في جسدها... لا يمكن أن يستولي هذا الشيطان الخبيث على هذا الجسد، لا يمكن أن يتوغل أكثر.

يحاول شرح تمركزه في مكان وانتشاره في أماكن!

تلك الفتاة قوية بالطبع وتستطيع المقاومة، هذا ليس عدلًا هل يشتد عليها المرض لأنها قوية؟

ألا يكفي مقاومتها له في عضو واحد؟

ألا يكفي أن تحاول الصمود وحدها؟

كيف للحياة أن تتحول من الفرح للترح في غمضة عين....؟

ما جرمي لأكون على مقربة من سوء المنقلب؟

أشعر بالسّدُم.. أنا القاتلة وأنا المقتولة..

تريد مني ليديا الخروج مع صفوان؛ لاستنشاق الهواء وهي تبقى قليلًا بجوارها.

- أوعي تخافي أنا معاكي

طول البعد يولد الجفاء يا صفوان قُلتها لك مرارًا وتكرارًا.

هذا الكمد لا يمضي.. يتفاقم دون توقف وما من رادع له.

من الصعب أن تخونك صحتك والأصعب أن ترى من تحبهم تخونهم صحتهم وأنت عاجز.

أنا في كلام مأفون.. لن يفيد ولا أُفيد.... أنا دائمًا كنت العالة.

عالة على الأهل، الأصدقاء ... ومن أحب.

يمسك يدي صفوان وانا جثة جامدة.

لم أقدر حتى على قول لا... لم أتمكن من إبعاد يديه.

- صفوان، أنا أذيتك في إيه علشان تئذيني؟

- أنت فاهمة غلط.....

- فهمني الصح

جف حلقه وهو يحاول التكلم وكلما حاول الكلام ينظر لي ويصمت.

"بتقول إنها حامل مني"

ابتسمتُ بتهكم.. وانتظر هو ردة فعلي، انتظر ريما التي تثور كالبركان وتقلب الأرض رأسًا على عقب.

للأسف هذا هو "الوجوم"... مرحلة الحزن الصامت. أن ترى النهاية تقترب ولا تتحرك، أن تسقط من الهاوية دون صراخ. حزن يكتم صاحبه.

"I was drunk"

شمَّاعة تعلق عليها كل خطأ ترتكبه في حياتك...

أصبحت أعتقد بأنك تشرب حتى السُكر ليكون لك حُجة لتصرفاتك.

"أنا فعلًا ملمستهاش ومش فاكر إني قربتلها... مش فاكر"

تحولت حُجتك للعنة... إن كنت في كامل عقلك لكنت على دراية بما حدث.

وقفت لأدخل مجددًا.

- هثبتلك إني بريء"

أعطيته ظهري ودخلت للمشفى فالمتهم مذنب بالنسبة لي حتى تُثبت براءته.

- هترجعوني مصر؟

أحاول إقناعها بالبقاء لعل العلاج هنا أقوى، ولا تقبل النقاش في الأمر.

ليديا تقول بأن الأفضل لها ان تكون بيننا في مصر وأن العلاج الإشعاعي في مصر جيد... حالتها لا جراحية.

***

أسبوعان قد مرا من الاتفاق. طلبت العمل عن بعد إن أمكن خلال تلك الفترة وسأسافر في كل الأحوال حتى ولو رفضوا الطلب سأستقيل.

اليوم سنعود لمصر..

بشعرٍ مستعار وحالة هزيلة تستقبلني آية بعدما حزمت الحقائب.

كان أول رمش يسقط من آية في مثابة انهيار السد.

يحذرنا الأطباء من السفر في تلك الحالة، لم تتنحَ جانبًا عن موقفها فاضطررنا للإمضاء على أوراق إخلاء المسئولية من طرف الأطباء.

عدنا لمصر وكان أخي في استقبالنا...كان معنا صفوان، بالمناسبة أخفيت عن أهلي ما حدث.

تحتضنها أمي فتتألم آية وتعتذر لها أمي...

تحاول أمي تحسين الموقف وتمزح مع صفوان "مش هنفرح بقى قريب؟"

إن كان الفرح بالنسبة لكِ يا أمي هو زواجي من صفوان الشيطان، فاحزنِ.

لن أضحي من أجل أحد... يحق لي ان أكون أنا لنفسي.. أن أبقى كما أريد. أن أتغير في حالة أردت أنا هذا... فليحترق العالم وتنفلق النجوم، أنا هكذا وسأظل هكذا.

تخطيتهما ومشيت مع آية نحو سيارة أخي.

ستبقى آية في منزل ليديا سيرعاها الخدم وستأتيها ليديا بممرضة.

كانت زينة في انتظارنا عند منزل ليديا.

تأخذ بيد آية "ده أنتوا فايتكوا كتير أوي بالليل هنسهر مع بعض"

تبتسم آية من قلبها... تشعر بالدفء وسط من يحبونها.

وشعرة هي بين أن يشعر الشخص بالدفء أو الشفقة.

الكل يعود للمنزل بعد الاطمئنان عليها.

يقف حليم بيني أنا وأمي "أنا هتجوزها"

تنظر له أمي في حيرة من أمره ومستنكرة لكلماته.

- محدش يبصلي كده، أنا هتجوزها.

- مينفعش

- ليه يا ماما مينفعش

- أنت بتشفق عليها مش بتحبها... وحتى لو بتحبها مش هينفع هي الأعمار بيد الله بس مينفعش.

فهمت مقصد أمي وضحّ صوتي "هي مش ناقصها ابنك...وبعدين ليه مش عايزاه يتجوزها واحدة رجليها والقبر بالنسبالك؟ محدش ضامن عمره فوقي"

أصبحت هجومية للغاية... لم اعد أهتم بحب من حولي ومشاعرهم، هي أمي، هي تعتبر نفسها إلهًا الآن. تحيي وتميت من وجهة نظرها.

استوعبت أمي خطأ ما قالت... وتفهمت حالتي النفسية.

كم أنا متعبة يا أمي، أحتاج لأن تضميني، أنهمر بين ضلوع صدرك في البكاء وتهدئين من روعي بكلماتك الحنونة.

كان رأيي من رأي أمي بمنظور مختلف. آية ستشعر بالشفقة على حالها ولن تقتنع بهذا حب.

منعته من التحدث معها في الأمر وإلا خسرها وخسرني.

تأتيني مليكة لتسألني إن احتجت لأمر ما فأرى هيثم يرن عليها فتبتسم وتقول لي "هقولك بعدين". مطلوب مني أن أكون الأخت الأكبر الناصحة... أنا بحاجة لمن ينصحني، أرعاها وأحتاج لمن يرعاني.

أكتب في روايتي " كيف يكون المرء فاقدًا لكل ما وُهب للتعبير. نقف دون حراك وسط التحولات الجذرية التي تأتينا على حين غفلة. نتفاجأ بأن للحزن معانٍ كثيرة، وللأسف نمر بكل تلك المعاني... نتعامل مع كل الأمور وكأنها دائمة ونبكي حين ترحل. وكأن ما حدث خارج حدود الطبيعة. كنا نقول (تأتي الرياح بما لا تشتهي السفن) واليوم صرنا لا نجد سفينة أو ريح طيبة."

أصبحت كالموتى الأحياء. لا نوم أو حياة. أمشي في درب مبهم النهاية.

مكان مظلم وطريق أوحد تلك المرة... أرى نورًا في نهاية الممر، هذا الكائن يلحق بي مجددًا. أركض ويضحك. صوته كدوي الانفجار حِن أم بِن أنت أم ماذا؟ أصرخ ولا يخرج مني صوت. وصلت لنهاية الطريق. باب حديدي مُغلق وخلفه جنة وجحيم.. يمتزجان بالمعنى الحرفي ... يتحولان لأماكن أعرفها... كلما يختلطا كلما وجدت عالمي يتكون.

صوت من خلفي. "أنتِ اختارتي مرة ودلوقتي لازم تلاقي المفتاح علشان تنجدي نفسك"

أفقت من هذا الكابوس اللعين وفي جوفي أُوامٌ، والفراش يعتصر عرقًا.

أنا اخترت طريقي لا أنكر هذا والآن انا فاقدة لهويتي وبقية صُفح الحكاية.

*** 

قابلت زينة عند منزل ليديا وأخذت خطوة أرجو كونها عامل إيجابي في حالة آية.

دخلنا الغرفة ووجهها بدر. مهما قُلنا بأن السفر هو المستقبل... يظل القلب معلقًا بهويتنا وعائلتنا.

وبصوت زينة المفاجيء "أحكي بقى اللي فاتكوا"

اعتدلت آية في جلستها.

"زياد ندمان على اللي قاله وبيقول إنه متفهم للوضع اللي أنا فيه وهيستحمل علشاني.... بيقول إن أنا أستحق إنه يعافر علشاني"

"نستحق المعافرة" بالطبع هي تلك الجملة التي أبحث عنها...

الكل يبحث عنها، نستحق أن نكون الغاية الأسمى لمن نحبهم. أن يغيروا ولو بعض الشيء من حياتهم لأجلنا ... أن يضحوا مرة وسنضحي لهم مئة.

تُكمل هي "أنا مدتلهوش رد قولت لازم أتقل... هو أنا عديمة الكرامة بإشارة أمشي وإشارة أرجع"

تلك هي ثاني الأشياء التي نبحث عنها في الحب "الكرامة"، نجهل أهميتها...

يقولون لا كرامة في الحب والحب بُني على كرامة. لو مُحيت الكرامة انتهى الحب.

عزة النفس في الحب تغنى بها المطربون... درس لقنونا كلماته، فخيرًا لمن فهم الدرس وبئسًا لمن رسب.

فارق كبير بين التضحية والتخلي عن الكرامة.

تُضحي حين تكون في موقف قوة... موقف تقدر على قول "لا" فيه. التخلي عن الكرامة هو حين تكون منعدم الكلمة وتُقنع نفسك بأنك موافق.

دردشنا معها وانتهى النقاش بأن لا بأس من الرجعة له... نحن بشر خطاؤون. من الأفضل أن نخطئ ونعتذر لمن نحبهم. أن نعود لهم قبل فوات الأوان. أن نلحق بهم قبل أن يمضوا قدمًا بدون حتى ذكرانا.

في تلك اللحظة أتت مدبرة المنزل لليديا وأخبرتها بوجود زائر لآية.

يدخل رجل ستيني "آية!"

هذا هو والدها، اتصلت به وأعدته لها قبل فوات الأوان... قبل أن تكون له ذكرى حزينة.

لم يرَ آية منذ سنوات.. ربما منذ بداية الجامعة...

يعطيها مالًا كثيرًا يتصل من شهر لآخر.

المال لا يشتري كل شيء... المال لا يشتري "أب" بل فقط حياة كريمة.

فرحت آية... "بابا وحشتني"

يحتضنها ويقبلها... يقول لها بأنه أجّل موعد سفره للعمل من أجلها.

فرحت أكثر... طلبها بسيط، أن يكون والدها، "والدها" فقط لا أكثر أو أقل لا تطلب أن يكون صرافًا آليًا، تريد حنان الأب.

يجلس بجوارها لساعة كاملة... جميلة هي الحكاية حتى الآن. حتى يقرر نحرها "كويس إن صحابك معاكي...عرفتي تختاري صحاب كويسين يا حبيبتي. أنا بكرة هسافر ووعد قبل ما أسافر هاجي أزورك"

قالها ببساطة تامة... يقول والدها بأنها ستبقى مع ليديا. وكأن ليديا هي الأولى برعايتها أو حتى كلنا.

المعضلة ليست في العدد المعضلة في كونك والدها... أباها الذي قرر أن يموت أمامها وهو على قيد الحياة.

وكأن آية اعتادت على هذا...

لمعة عينيها عند رحيله إن فهمها فهي أقوى من ألف طعنة في قلبه الذي لا يفعل غير ضخ الدم.

رحل وترك ابنته بكل بساطة.

أمسكتُ بيديها؛ تنظر لي "هو كده وهيفضل كده. اتعودت على وجوده المعدوم.... على الأقل قال هيزورني بكرة... تفتكروا هييجي ولا مش هيسأل فيا حتى وأنا بموت"

تجلس بجوارها ليديا تذكرها بأن الرب وزع أرزاق البشر... ربما حقًا هي فاقدة لأبيها، ولكنها معها من يحبونها بصدق، من لا يريدون شيئًا غير سعادتها... فقط أن تكون بخير.

قلبي يؤلمني من أبيكِ... فماذا بداخلك أنتِ؟

نغير الموضوع بشكل كلي، وهل يتغير الأمر من عقلنا الباطن أم يبقى بلا كلل؟

نعود لمنزلنا ولا مُسكن للألم... وكأنما يوفي الألم بوعده للبقاء.

خائفة من المستقبل ومرعوبة من الماضي.

يقترب المستقبل والماضي، وحاضري بينهما على وشك أن يُسحق.

"كان نفسي أقولك مبروك بس أنا جاية أقولك إنك بتظلمي نفسك"

تلك كانت كلمات جوزين لي يا صفوان... لم أعرها اهتمامًا، ولكن ماذا كانت تقصد؟

من ترك من ولماذا؟

هي لا تناسبك أم أنك لا تناسب أي مخلوقة.

عقدة نفسية منها أم الأمر أقدم من ذلك...؟

في الحالتين أنا من أدفع الثمن.

تتصل بي ليديا وتخبرني برغبتك في مقابلتها بخصوص أمرٍ له علاقة بي.

لم أرفض ولم أعترض. معك للنهاية حتى أرى نهاية الطريق.

شرعت في كتابة ما بدأت " هل الحب أقوى من الأذى؟ نتحمل أذى من نحب مقابل ثمن بخس، بضع كلمات توحي بالحب وفعل طيب أمام مئات الأخطاء. معادلة صعبة يسقط ضحيتها القلب أو العقل... وفي بعض الحالات كلاهما ضحية."

يا صفوان كيف لك أن تجمع بين قلب يحبني وعقل يفكر في جعلي أسيرتك؟

والله ما اجتمعا، قلب حبيب وعقل عدو.

أنا فقط أتساءل عن الخطأ الذي اقترفته في حقك حتى تعاملني بتلك المعاملة... لماذا لا أستحق أن تضحي من أجلي كما فعل زياد مع زينة؟

وهبتك روحي لتكن لك فأشعلت فيها، وتذمرت من رائحة الحريق.

أتيتك بقلب أنت جارحه فابتعدت حتى لا يمسك دمٌ. تذهب بعدها وأداوي جُرحي وأعود بعد أن أُشفى فتلوم طول بعدي. أقول لك كن لي فتقول لي بأن أكون لك أولًا. حب مشروط يا صفوان. تلك المشكلة أنت لا تراني بعين حبيب انت تقارنني بماضيك. تصنع مني صورة أنت ترتضيها... وتلك الصورة ترتضي لها الأذى. أردت مني أن أكون عمياء خلفك وأسقط أسيرتك. لم أعترض حينها .... ظننتك تحبني.

لم أملك أثمن من قلبي، وتخليت أنت عنه بكل بساطة. ألوم نفسي التي أحبتك بتلك السذاجة وأكره عدم كرهي لك، حتى وأنا أرى بجانبك أخرى. تقول لي بأن بداخلها جزء منك. وترتضي وجع قلبي يا وجع قلبي.

أقول أنت تستطيعين إصلاح الأمور... وأصلحها يا صفوان، وفي المقابل تخرب أنت حياتي.

أنت نادم، تتألم، تموت، ويحرقك الحزن، تندلع في ثناياك رغبة البكاء. أسفًا على ما قد وصلنا إليه فما عدت أقدر على إصلاحك ولا على تحصين نفسي منك.

(أصبحنا مكبلان ببعضنا البعض.)

***

ها نحن اليوم بجوار آية مجددًا وتسرد لنا زينة الجديد في قصتها.

يريد زياد زيارة آية وبعدها سيأخذ زينة ويذهبا لأمها لتحديد موعد الزواج في الأيام المقبلة فكل التجهيزات يُعتبر قد اكتملت قبل الانفصال.

لا أنقم على زينة... كلنا نفقد أشياء مقابل الحصول على غيرها.

خسرت أسرتها، وتكون أسرة جديدة. ما يحزنني بأنني أخسر فقط دون جني مكاسب.

أتى زياد وكان لطيفًا... يذكرني بك يا صفوان حين تكون ودودًا.

كل جميل في الناس يذكرني بك... وكل قبيح أيضًا.

سأكررها لك يا صفوان مشكلتك هي اجتماع الأمر ونقيضه.

في يوم تجعل مني أميرة ويليه تجعلني جارية.

في لحظة خروج زياد وزينة دخلت أنت المكان.

أصبحت أعصابي في هرج إذ رأتك يا صفوان. فقدت القدرة على جسدي. كما فقدت القدرة على التحكم في قلبي.

تُحدث آية بكل لين... تلك آية التي كنت تقول لي "بتفضليها عليا"

والآن تشفق عليها. ما رأيك أن تشفق علي... أن تعتق قلبي لوجه الله.

تمسك يدي لتصافحني وتطيل السلام... تعاتبني بعينيك.

لا تقلب الحق باطلًا... تقترب لأذني

"أنا هفهم ليديا ووقت ما تحبي تفهمي اسأليها"

خرجتَ معها وأصبحتُ مع آية وحدنا، تنتظر قدوم أبيها. "تفتكري هييجي؟"

هذا هو إذًا الكذب الأبيض... كيف لي بأن أقول لها بأن أبيها هو أول من رأيت في عقوق الوالدين. يترك ابنته مع صديقتها لترعاها. أرسل اليوم لليديا أموالًا.. الأمر أشبه حين يترك الأبناء والديهما في دار العجزة... هو يدفع المال لتبقى آية هنا.

- أكيد يا حبيبتي ده أنت بنته

- يبقى متعرفيش بابا... مش هييجي أي

نظرت لها بتمعن وصارت تقول الكلمات والكلمات... هي واثقة بأن أبيها لن يأتي وعلى يقين بأن الأمر لا يتعلق بعمل بل سيسافر برفقة أسرته التي لم تعد منها.

استعبَرَت وهي شاردة. سكتت ولم تتكلم، ضممتها إلى صدرى.

شردت مثلها. عجيب أن يُضنينا ما نعلمه. تعرف حقيقة والدها وتتألم في كل مرة تُعاد فيها الكرة.

ربما لأن الأمر يتزايد وربما يذكرنا الألم الجديد بأول ألم يشبهه.

للأسف الشديد انتظرت طوال الليل دون فائدة. ببراءة تامة قبلتني وطلبت مني تركها لتنام. أردت البقاء بجوارها وأخبرت الممرضة بأنني سأرعاها.. أعطتني ورقة مدونة بموعد كل دواء. وفي حالة الطوارئ يجب وضعها على جهاز التنفس.

الساعة الواحدة بعد منتص الليل ولم تعد ليديا. هاتفتها ولم تجب علي...

الثانية، الثالثة، الرابعة فجرًا.

تدخل ليديا المنزل وفي عالم غيرنا هي.

- كنتِ فين يا ليديا

- سهرانة مع صحابي...

- طب وصفوان

- الصباح رباح.

لا تختلقِ الخرافات يا ريما بالطبع تركت صفوان وسهرت مع زوجها ورفاقه، ولكن أين بيشوي لم يظهر حتى الآن؟ لم يتصل حتى بها.

جلست هكذا حتى أفاقت ليديا ووجدتني على الأريكة.

- ريما اطلعي نامي يا حبيبتي

- أنتِ كويسة يا ليديا

- بصراحة لأ... بس خلينا فيكي أنتِ وصفوان.

- فهميني طيب

- متقلقيش عليا... المهم تعالي معايا المطبخ أعمل قهوتي.

- طب اعمليلي معاكي بالمرة

- من عيني

فهمت وضعها دون كلامها... قرر بيشوي هجرها. أو هكذا أخلق أمورًا. ذكية أنا في كل الأمور التي لا تخصني.

تنظر لي ليديا "أنتِ عارفة إني بفهم في الرجالة صح؟"

لم أجب "يبقى عارفة... صفوان صادق. هي حامل فعلًا بس مش منه. هي استغلته مش أكتر وبعدين البنت دي اللي عرفه عليها كان نور اللي قالك إنها عنده. مفكرتيش عرف إزاي إنها في شقته؟"

اتضحت لي بعض الأمور..."بس ليه نور يعمل كده"

تبتسم ليديا كعادتها التي تخيفني حين تعرف الحقيقة "دي حاجة محتاجين نسأله عنها... بس البشر وحشين ومينفعش ندي أمان بالساهل لأي حد."

- حتي صحابنا؟

- حتى أنا...

لم أعد أعلم بمن أثق... ولم أعد أرغب في الثقة. أحب ليديا، ولكن بحذر.

لم تستوقفني جملتها. كلنا سيئون بأشكال مختلفة.

- طيب يا ليديا نطلع نشوف آية وبعدين هفكر في موضوع صفوان

آية نائمة كعادتها الحالية لبعد آذان الظهر. "طيب نصحى بقى علشان هاخد رأيك في حاجة"

ألمس هذا الوجه الملائكي لأجده باردًا للغاية. وسرعان ما تجمد جسدي "آية أنتِ كويسة يا حبيبتي؟"

بالطبع هي كذلك، كعادتها نوم ثقيل كالحلزون يمتد لسنوات.

تلك المرة لا تجيب.. ولا تتنفس.

تتصل ليديا بالإسعاف.

هل اشتد عليها المرض لدرجة الصمت. لا يهم سنتخطى هذا سويًا "طب انتِ زعلانة علشان منمتش معاكي في الأوضة؟"

بالطبع هي كذلك... أصبحت حساسة في الفترة الأخيرة.

"اصحي. والله ما هسيبك... مش هفكر في نفسي تاني"

تمسك بي ليديا لتهدئني "يا ليديا هي زعلانة علشان سيبتها ونزلت."

لا أطيق وجعًا جديدًا يا آية لا يمكن أن ترحلي في شبابك... الشباب لا يموتون، الموت للأكبر سنًا.

أفيقِ تلك المرة وأقسم بألا أتركك مجددًا...

العقاب يكون على قدر الخطأ، وأنا تركتك ساعات وتتركيني أنت للأبد!

ما عاد لقلبي مساحة ليتحمل محنة جديدة... لا لا تحزني أنت لستِ محنة أنتِ أختي.

تقولين لي دائمًا بأن أسفي يحل الأمور "طيب انا آسفة...يا آية آسفة والله".

أنا تركتها مجددًا تركتها وحيدة تقاوم ال... الموت.

يدي ترتجف وضربات قلبي تتسارع.

لا تكسري ما تبقى مني يا آية

***


"بعد شهرين"

انتكست من بعد آية ظنت يومًا بان ليديا بديلتها. ليتها فهمت بأن للكل مكانته الخاصة في القلب.

لأكثر من شهرين فاقدة أنا قدرة الحديث. عُرضت على طبيب نفسي.

كان يسأل وأحرك أنا رأسي للجواب.

حتى رأسي كان ثقيلًا. وللأسف حالتي لم يكن لها علاج بالأدوية. فما كانت لها مفعول بالنسبة لي.

في كل مرة يُهزم فيها المرء يفقد جزءًا منه حتى يشعر بفراغ.

أشعر بالجميع وأراهم وأرى محاولاتهم معي. كل هذا بدون جدوى. الأشياء حتى ولو عادت لا تعود كحالتها الأولى.

منذ تلك الليلة وأنا لا أبكي. لا أتكلم.. لا أعبر عن نفسي.

أريد الصراخ ليسمعني العالم. ضوضاء العالم لا تضاهي ضوضاء الأصوات في عقلي. وصرخات في قلبي تأبى الخروج.

حتى النحيب مع آية كان مختلفًا، كان يسكن ألمي.

أعطيت آية وصفوان ما تبقى مني، وكلاهما رحلا...

لا أعلم أيهما أكثر وجعًا من يرحل بجسده أم روحه.

أنا ذُقت وجع كليهما في الوقت ذاته. صفوان جسد بلا روح وآية روح بلا جسد.

المشكلة ليست في كوني وحيدة بل كوني أشعر بالوحدة.

صفوان كان معي دائمًا... يبكي كثيرًا أرى هذا حتى ولو حاول محو آثار الدموع التي ما جفت على وجنتيه.

حزين أم خائف هو من إظهار ضعفه أمامي.

***

بعد حوالي شهرًا ونصف تم عقد قران زياد وزينة بعد إلحاحه عليها ليكون بجوارها، تذكرت وجع فقدان أخيها فساءت حالتها.

لحظة الصفر أو لحظة الإعادة. حلقة محكمة، نمضي فيها ونكتشف بأن نهايتها هي بدايتها.

لا أحد يدوم ولا حال يبقى كما هو عليه.

عند الشهر الثاني، رحلتُ دون وداع. تركت لهم رسالة أعلمهم بعودتي لبلاد الغرب. فكل الأحوال بالنسبة لي غربة.

لحق بي صفوان بعدها. ظلي هو الذي لا يختفي مع مغيب الشمس.

تحاول قريبته لأكثر من مرة أن تطمئن على حالي ويقول لها "مش وقته لما تكون كويسة هخليها تكلمك.. خلي بالك أنت من نفسك بس أهم حاجة"

أوصلني للمنزل بعد محاولة أخرى فاشلة لإخراجي من حزني.

دخلت غرفة آية

- امشي اطلعي برة يا ريما لسا فاكرة ترجعي

- هو اللي صمم أنا كنتُ عايزة أفضل قاعدة

- المشكلة إنك بترمي كل حاجة على غيرك

- أنا؟

- حتى اخر يوم ليا سبتيني علشان كنتي بتفكري في نفسك

- بس دي مش الحقيقة

اختفت آية من غرفتها في لمح البصر...لم يكن بسببي يقول الأطباء بأن المرض تسبب في جلطة رئوية مميتة.

نصحني الطبيب بعدم لوم ذاتي على كل شيء... كنت أعاتب نفسي يوميًا وأقنعت نفسي بأنني السبب الأول لموتها وليس السرطان.

لدي هاتفها ويمنعني الطبيب من فحصه حتى لا تعيدني الذكرى لنقطة الصفر. لا يعلم بأنني لم أتخطَ الصفر بعد.

وضعته على الشاحن؛ ليفتح وذهب لإعداد القهوة.

يتغير جمال الأشياء بتغير الزمان والمكان، أصبحت لا أذوق من القهوة إلا مرها و"نوستالجيا"... الحنين في بعض الأحيان هو ما يبقينا أحياء. قد يعطينا أملًا لإعادة الكرة ولو

بعد مليون سنة... هكذا نعيش؛ نعيش في الأحلام، في عالمنا الخاص. نتجنب الحقيقة. لا نريد معرفة المجهول لا خوفًا ولا اشتياقًا. نريد فقط أن نبني عالمًا بسيطًا يريحنا، عالم لا خبث ولا حقد، عالم بريء من فعل البشر، عالم يستحقه الأطفال... يستحقه ما تبقى مني.

عدت للإمساك بهاتفها. فتحت المدونة الخاصة بها. هذا تاريخ يوم وفاتها!

"لا أعلم متى ستقرأين كلامي، ولكن عليكِ فهم بعض الأشياء.

لم أكن ألومك على بعدك كنت أغار عليكِ كابنتي. حرص وخوف لمصلحتك حتى ولو بدا لصفوان بأنه تحكم. إن المرض ينهش جسدي وأتمنى الموت كل يوم وأخشى البكاء حتى لا تبكي معي... أنتظر خروجك من الغرفة لأجهش في البكاء وحدي... على كلٍ، أرسل لي أخوكِ يطلب يدي في رسالة ورفضت هذا. إنها شفقة يا ريما إن كان يحبني بصدق لأحبني وأنا كاملة، هو فقط يشعر بالذنب فأرحت قلبه... هو ليس بهذا السوء كما كان يظن. حاولنا الاقتراب وفشلنا. أن نفشل مبكرًا خيرًا من أن نفوز لوقت قصير. أما أبي فرأيت صورته اليوم على صفحته الشخصية وهو برفقة أسرته... يتنزهون في أوروبا يا ريما. ربما تلك الصورة سببًا رئيسيًا في فقدان العزيمة. المريض يقاتل من أجل شيء وأنا لا أملك ما أقاتل لأجله. أنا مكاني برفقة أمي يا ريما هذا العالم لا يشبهني ولا يتحملني. أما أنتِ ستتعبين كثيرًا يا حُلوتي، أنا بجوارك دائمًا، ستشعرين بي في ثناياكِ... في تصويب قراراتك الخاطئة. سأكون نجمتك في السماء... سأكون لكِ ملاكك الحارس. لا تلومن ذاتك يا ريما. أنا هكذا أفضل.. كنتِ تريدين مني أن أبقى لأزيدكم همًّا؟ أنا لم أرَ منكم تذمرًا، ولكن يكفيكم تعبًا.. تحترق أعصابكم ويذوب قلبك من نحيبك علي. إن كنتِ تقرأين تلك الرسالة فأنا بخير. أوليس المرض تكفير ذنوب أو رفع درجات؟ أنا تعذبت كثيرًا وهذا يريحني بعض الشيء.

أختكِ وقارئتك الأولى آية "

مشاعر غريبة، ولكنني ارتحت قليلًا... أنت بخير يا آية، توعدينني بذلك وأنت توفِ بوعودك.

أنا أبكي... أستطيع البكاء كما كنت معكِ يا آية ضميني إلى صدرك...ضميني أكثر فجسدي بارد.

***

يقولون بأن الأيام تمضي بسرعة برفقة من نحبهم.... الحياة تمضي بشكل أسرع من دونهم، ربما ملامحنا هي التي تكبر بشكل أسرع.

طرق الباب بالطبع هو صفوان دون السؤال من الطارق. أفتح الباب لأجد ليديا.

"أنا سيبتك يومين براحتك بس كده كفايا أوي"

لم أعلن حاجتي لأحد، أعتزل الكل وأنا بحاجة للجميع. كلمة صادقة، تلك أكبر أحلامي.

بصوت مبحوح "نورتي يا ليديا"

تجري نحوي "صوتك رجع"

أميل برأسي على كتفها "آية ساعدتني"

تتعجب لقولي دون السؤال عنه.

- خفيتي امتى

- امبارح...

ربما شُفيت أحبالي الصوتية، والأكيد بأن روحي مازالت رمادًا في انتظار أن تندثر. صفوان على وصول هذا ما أخبرتها به.

فعلًا أتى صفوان... تلك المقابلة أتجنبها منذ أشهر.

ركبت السيارة وجلب ما اعتاد جلبه لي قهوتي التي بجواره تعتبر "قهوة سكر زيادة"... أنت مر يا صفوان مررت حياتنا بمنتهى الطيش.

ركن السيارة في مكان هادئ وأمسك يدي. " هي ليديا جتلك هنا؟"

غريبة يا صفوان أن تسأل عن أمر فرعي بهذا الشكل... لم تعد حياتي تهمك فلماذا تسأل عن من زار ومن هجرني. "ده اشمعنا"

- شوفتها واقفة في الشباك.

- اه جت.

أنظر له وأستجوبه إن كان مازال يشعر بتلك الشرارة حين يراني... إن كان يشعر بالأسى نحونا؟ أستفسر منه إن كان نادمًا على كل هذا... إن تأكد بأن الحياة لا تستحق كل تلك الأفعال، وأن الحياة في لحظة قد تختفي من تحت أقدامنا دون أن نشعر. أن نموت قبل معرفة الحقيقة... نموت قبل معرفة إن أحبنا الشخص الذي لم يتمنَ القلب سواه.

أصرخ في وجهه إن كانت تلك الحياة تستحق كل تلك الخسائر... إن كنت أستحق أنا لقب الخاسرة الأكبر.

ينظر في عيني ويضمني لصدره حتى اجتمعت ضربات قلبينا "مكنتش أستاهل منَّك كل ده"

- اتغيرت... موت آية فوقني وقبلها بعدك عني

- دي مشكلة تانية... حتى لو اتغيرت فأنت اتغيرت لما أنا بعدت عنك

أنا طلبت الاهتمام لأكثر من مرة. لم أدع كلام البشر عن الاهتمام وعدم طلبه يؤثر على علاقتنا.

علاقتنا كانت مقدسة بالنسبة لي، لا يتخللها طرف ثالث يا صفوان.

تكمن المشكلة الحقيقية في كوني تعريت أمامك... جعلتك ترى كل ندبات حياتي من أهل وأصدقاء. وصرت أنت أكبر ندبة طرئت على قلبي.

مبارك لك يا صفوان تعلمت الدرس جيدًا وطبقته بشكل مثالي...

تدرك ما يفرحني ويحزنني فصرت دمية بين يديك تتركها وقتما تشاء على رف مهجور.

تجرعت الاستكانة يوميًا، حتى ضحيت بكل ما أملك. كل ما أردته في فتاة يا صفوان حققته لك. "صفوان أنا بس عايزة أفهم أنا إيه اللي ناقصني علشان نكون مع بعض زي أي اتنين بيحبوا بعض"

- ناقصنا نعرف بعض

- أكتر من كده؟

- أنا اللي عارفك وعارف تفاصيلك.... تقدري تقوليلي إيه أكتر حاجة بحبها...

- بتلومني على غموضك؟

- قولتي هتفهميه

- ومقدرتش أفهمه... هفضل طول عمري أدفع ضريبة كلمة قولتها بحب؟

- أنا مبدفعكيش التمن... أنتِ اللي مش قابلة بيا زي ما أنا

- بعد كل ده؟

- أنا اللي سبت الشرب والسهر... بعدت عن البنات والملذات كل ده علشانك.

- بعد فوات الأوان بعد ما الفأس وقعت في الرأس.

- وهفضل طول عمري أدفع ضريبة غلطات قديمة ؟ مش ده كلامك؟

- ولو غفرتلك القديم... الجديد هنعمل فيه إيه

- معنديش غير كلام يا ريما... معنديش اثبات لأي حاجة ولا حتى هي عندها اثبات.

تطلب مني بعد كل تلك السنوات تصديق كذبة جديدة... تلومني على عدم معرفة خفاياك. أنت تلعب الغميضة، تخفي أسرارًا وأفوز إن عرفتها.

تقول لي بأنني لا أعرف تفاصيلك.

وكأنه لا يكفي بأنني أعرف أهم ذكرياتك، حبك الأول وربما ما الأخير؛ لأنني لا أعتبر ما بيننا حبًّا حقيقيًا، أصدقائك المقربون، عملك ومشاكله، يوم ميلادك، أكلتك المفضلة، لونك المفضل، موت أمك، وحيد الأب، تبتسم حين تشعر بالخجل، تحرك قدمك عند الحب والغضب... عند لمسة من يدي على لحيتك... حين تغضب مني. كل هذا وتقول لا أعرفك!

حتى أنفاسك أعرف متي تتسارع ومتى تقل... أعلم منها قبل نومك إن كنت فرحًا، حزينًا، أم شاردًا.

ماذا ينقصني لأكون حبيبتك؟

أخلصت لك بقدر ما بكيت بسببك.

- شبعت كلام... لما يبقى في فعل قرب.

على قدر ما تأتيني بحب، على قدر ما أعود لك ريما.

لم يحرك ساكنًا وقاد السيارة لتوصيلي...وقبل أن أخرج من السيارة نطق كلماته الأخيرة "افتكري مين باقي ومين بيبيع... مين بيدوس على كرامته وبيترفض ومين مناخيره في السماء... مين بيسامح وقابل عيوب التاني ومين لأ."

هنيئًا لي أنا السيئة في النهاية. أغوص بين ضلوعك وأتنفس عطرك وتتركني يا صفوان. وكأنك تقصد فعلتك تلك في كل مرة قبل رحيلك لتظل رائحتك ملتصقة بي.

سيظل كل منا موازي لطريق الآخر ولن نتقابل يومًا.

ها هي ليديا بكامل أناقتها "كويس إنك جيتي... هخرج ومش هتأخر"

- ليديا هو أنت ليكي حد هنا يعني بتخرجي معاه؟

- اه طبعًا مقابلات شغل.

رحلت وجلست مع نفسي...

غريبة علاقتي بك تقوى بالرفض. كل مرة أرفضك فيها ازداد بك عشقًا وتتعلق أنت بي أكثر.

كنت أظن معظم العلاقات تنتهي بأن يتقدم الشاب لطلب يد الفتاة ويرفضها أهلها ويزوجوها لقريبها الذي ما برح أن عاد من إحدى دول الخليج العربي لخطبتها.

ليتنا لم نكبر، ليتنا ظللنا نظن بأن الحب جميل وصانع للمستحيل.

من وجهة نظري "الحب هو التخلي وربما التنازل، كالمجازفة بقلبك"

أتت لي فكرة لا أعلم إن كانت صحيحة أم لا.

سأبحث عن حساب جوزين الشخصي وأحادثها....

بعد بضع دقائق وجدته وأرسلت لها "ازيك يا جوزين لو فاضية ينفع أبقى أكلمك"

جلست أفكر في حال الجميع لانشغل عن حياتي قليلًا...

لم يأتِ كريم لعزاء آية واتصل بي بعد أيام "أنا مقدرتش أجي مقدرتش أتخيل الي حصل ولا أواجه الموت زي ما هي واجهته. أنا عارف إننا مكناش هنرجع ومكنتش عايز نرجع بس هي كده بعدت لدرجة كبيرة... كنت عايز بس أقولها إني سامحتها، سامحت كسرتها ليا. أنا حاولت أبدأ حياة جديدة وصارحت مراتي بكل حاجة وفهمت الوضع... بس أنا دايمًا حاسس إن في حاجة نقصاني ومش عايز الحاجة دي... أنا عارف إنه مش وقته ومش عارف أنتِ عايزة تردي عليا ولا لأ بس أنا احتجت أتكلم... الكلام مش هيصلح حاجة بس يمكن يريحني.. أنا هسافر برة مصر وأفتح صفحة جديدة تاني، شكرًا إنك سمعتيني."

يُطرق الباب... ربما نسيت ليديا غرضًا ما. "إيه يا ليد....."

إنه نور يقف لي بكل هدوء.. لم يتحدث معي منذ آخر مرة أخبرني فيها بوجود تلك الفتاة.

- مش هتقوليلي اتفضل؟

- .....

- أكيد مش هنتكلم من على الباب

سمحت له بالدخول رغبة لسماع براءة صفوان. مقدمة طويلة ليعتذر عن اختفائه وبعده وعدم ظهوره في العزاء.

- طبعًا صفوان فهمك إني وحش... هو كده أي حد يعرف حقيقته يبعد عنه ولو اللي قدامه سابه يفضل عايش على ذكراه...

- أنت اللي عرفته عليها؟

- في إيه يا ريما ما أنت عارفة إنه كان دايمًا بيعرف بنات وكنا بنخرج سوا... دلوقتي نور هو اللي عرفه عليها؟ طب نفترض إن كلامه صح أنا اللي ضربته على إيديه علشان يخطبها أو يخليها تحمل منه

- بس خلتها تظهر قدامه في وقت كان ضعيف فيه

- متبرريش تصرفات حد بيئذيكي... عامة الأيام بنا هنشوف هيبررلك اللي حصل إزاي.. صفوان ملهوش أمان وبيعمل تصرفات هو ذات نفسه مش فاهمها. أنا هختفي من حياته

علشان تعبت منه ومن كرهه ليا من غير سبب... أنا ساعدتك أكتر من مرة بعتلك جوزين تحذرك وخليتك تشوفي خيانته.. وقت ما تحتاجيني هظهرلك.. هحس بيكي يا ريما سلام.

أتى ليزدنِ حيرة، لن أفكر في الأمر. أنا في انتظار رد جوزين. أنا سألعب الغميضة يا صفوان، وإن كنت مذنبًا سأجازيك أنا بطريقتي.

أمسكت بهاتفي لأجد جوزين قد ردت...

اتصلت بها دون تفكير، قُلت سأتحدث بكل صراحة وتكلمني بكل صراحة. طلبت مني التحمل فقد تكون الحقيقة أقبح من الخيال.

- جيتي الفرح ليه؟

- كذا سبب... أنا مكنتش أعرف إنه هيخطب ونور اللي عرفني. جيت أخد حقي منه وألحقك أنتِ كمان.... تعرفي إيه عن صفوان

- كل حاجة..

- قولنا نتكلم بصراحة... خليني أوضح السؤال، الستات يبقوا إيه لصفوان

- ...

- كل حاجة... صفوان بيحب البنات... مشكلتي مش إنه بيحب البنات يتحرق هو وأي بنت كان ممكن يخوني معاها. بس البنات بالنسباله وسيلة وأداة.

- يعني أنتِ كنتِ أداة؟

- أنا كنت حبه الأول

- وسبتوا بعض ليه يا حبه؟

- علشان مينفعش يكون معايا بقلبه بس... مينفعش يغلط ويستناني أسامحه كل مرة.. مكنش ينفع أكون مع حد معرفش ماضيه.

- الماضي يخص صاحبه

- ساذجة يا ريما.... هو قالك مين ساب التاني.

- قال إنه سابك أو يعني سبتوا بعض علشان متفاهمتوش مش فاكرة دلوقتي.

- أنا اللي سايباه. علشان كده بيحنلي علشان كده وجودي يوم الخطوبة وتره... عارفة لو كنت رجعتله كان سابني هو، صفوان مبيسيبش حقه.

خيوط العنكبوت على حياة صفوان سأزيلها بيدي.

يبدو أن أمر حمل الفتاة منه شبه مؤكد، يفعل أشياء لا يفهم سببها كما قال نور... جوزين تقول بأن النساء بالنسبة له هن أداة.

انا لا أنكر هذا في تعاملاته.... هو ليس هكذا معي أنا تحديدًا.

بالعكس لا يتجاوز حدوده. يعرف أي الورود أُفضل.

يطول الشجار بيننا، ولكنه يعود... يُطيل البعد كطائر مهاجر وفي النهاية يعود لعشه. لي منه الكثير من الهدايا والمفاجآت. إن شعر بحزني يخرج معي في أي مكان أختار. يعلم تفاصيلي... احترم علاقتي بآية حتى ولو كان خائفًا أن تكون سببًا في هجري له.

يهتم لكل تفاصيلي وكثيرًا ما يخشى أن يبرز هذا لسبب كنت أجهله. كان يرى النساء أداة ورآني بعدها كل النساء. أنا بالعالم أجمع بالنسبة له، هو فقط له انتكاسة في حياته "موت أمه". ستشفينا الأيام يا صفوان، ولكن أعنِ على إصلاح ما خربته الأيام.

عادت ليديا "لسا صاحية؟"

أتت لتجلس على الأريكة بجواري "ليديا هو حلو إننا ندور على الحقيقة؟"

- لو سألتيني زمان كنت قولتلك اه بس دلوقتي هقولك إن الحقيقة أبشع من الخيال، أبشع من الحقيقة اللي ظاهرة لينا.... لو هتستحملي دوري.

- وأنا هستحمل أدور؟

- طب خليني أسألك سؤال تاني امتى صفوان بيقول الحقيقة

- لو زعلان وبيكلمني... أنا بس

- في حالة تانية؟

- لو... بصي مش هتفرق.

- اللي يريحك بس أنتِ تقدري تسامحي كل الناس؟

- حسب الذنب..

- ياريتني كنت زيك.

أنا أضع نفسي مكان الغير فقط... أنا لم أكن مثالية يومًا، أنا أسامح الجميع ليس فقط صفوان.

الحب والمسامحة قوتان لا يقدر عليهما ضعيف كقوة الاعتذار تمامًا.

أنا أحب إذًا أنا أسامح. معادلة بسيطة.

***

هذا النفق اللعين مرة أخرى، وتلك المرة أرى ما بداخله. لا أرض ولا شيء فقط نجمة تضيء المكان.

إنها آية.... إنها تزورني لأول مرة تلك المرة أركض دون خوف داخل النفق. هذا الوحش يجري خلفي والآن أنا لست خائفة حتى ولو نهش جسدي. أجري وتجري آية معي. أقف أمام هذا الباب مجددًا يقترب هذا الجسد بمخالب ضخمة و ... وميض قوي، أنا في الخارج... أخرجتني آية بطريقة ما صوت آية في أذني "هربتي من سجنك الخاص ودلوقتي أنتِ في سجن أكبر اسمه الحياة.. هربتي من الوحش بس في زيه كتير هنا في حياتك..."

استيقظت دون ظمأ أو عرق.

وفي روايتي أكتب "نهرب دائمًا من أمر ما نظنه وحشًا وفي حقيقة الأمر هذا الوحش غير الآدمي هو نحن بمخاوفنا... نحن أكثر من نؤذينا. إن نجحنا وتحررنا من سجن الذات سنواجه مشكلة أكبر... الحياة لا تتوقف.

هي لعبة وكلما تقدمت ازدادت الصعوبة. قرار وحيد وهو إتمام المهمة فلن تعود للوراء فهذا أمر محال في قانون لعبة الحياة"

شهرٌ جديدٌ من بُعدك. اليوم أنهي علاقتي بكل ما خلته يومًا جنة.

أنا استقلت من العمل كليًا تلك المرة دون رجعة، سأعود لوطني وأهلي.. تركت الوظيفة التي أحضرتها لي يومًا. كانت وسيلتك لتجعلني قريبة منك وتراقبني أنت. اليوم أنا عائدة بلا رجعة.

صفوان يتصل بي فلا أجيب... يرن مرة أخرى فأجيب "ليديا عندك؟"

لم أجب على السؤال " أنا داخل على البيت..."

في غضون دقائق كان أمام المنزل

يدخل من الباب وقد اصفر وجهه لأول مرة ربما منذ فترة طويلة

"في عربية الصبح خبطتها وخسرت الطفل"

أنظر له في صمت وبجواري حقيبة السفر. يرمقها بعينيه "هو أنتِ مسافرة؟"

أمسكت بحقيبتي ونظرت له "مش غريبة إن ده يحصل دلوقتي؟"

- أنتِ شاكة فيا؟

- لو عرفاني كويس مش هتقولي كده... أنا مقدرش أئذي نملة

لا يؤذي النمل... بالنسبة له النمل أثمن من قلبي. ليس من الطبيعي أن يحدث كل هذا في تلك اللحظات.

- ريما... لو بتشكي فيا مش عارف هيحصلي إيه

ينتظر مني أن أخرجه من ظلمته... أن أكون له نبراسًا مجددًا.

- أنتِ هتمشي بجد وتسيبيني لوحدي في موقف زي ده؟ أنا مكنتش بسيبك حتى لو أنتِ اللي غلطانة... أنا مش غلطان حتى"

لا تصدق يا صفوان تظاهري بأنني لا أريدك، أنا فقط لا طاقة لي للحفاظ عليك.

أنا معك بقلبي، وأنت لم يعد يكفيك هذا القلب.

- صفوان أنا معاك بس مبقتش قادرة أكون معاك... مش هتفهمني دلوقتي لأن أنا مش فهماني......

أنا هسافر يا صفوان... حل مشكلتك اللي أنت بدأتها ولو بتحبني ارجعلي مصر، أكون أخدت قرار"

يركل الباب ويصرخ "هتسيبيني لوحدي وكمان بعد كل ده ممكن متكمليش معايا"

يصرخ ويضرب رأسه في الباب... "أنا كنت فاكر إن أنتِ الوحيدة اللي مش محتاج أبررلها موقفي علشان دائمًا فهماني"

اقتربت منه واحتضنته حتى هدأت أنفاسه وتباطأت ضربات قلبه المتسارعة مجددًا، وفي أذنه لقنته الدرس "أنت أخدت مني حق إنك تبررلي وأنا رضيت وقتها... قولت إني ولا فهماك ولا عرفاك، ودلوقتي بتقول إن أنا عرفاك. الدنيا مش دائمًا بتمشي زي ما احنا عايزين... حتى لو عايزاك لازم يمكن البعد يغيرنا أو يقسيك أكتر. بحبك بس لازم أسيبك"

أمسكت بالحقائب وخرجت لأول مرة بكامل قوتي أمام صفوان، ورفضت ليديا تركه وحيد...

اختفى المنزل من أمامي... هذا الوجه المصدوم لن أنساه، قاسية أنا تلك المرة... يا صفوان أنت من يقويني على تركك. أنا أكره تلك النسخة التي أنا عليها الآن... أردت تغييرك؛ فغيرتني أنت.

دمعة رقيقة تسقط من عين لم تنم ليالٍ... كانت منتظرة مكالمة تطمأن بها عليك.

ربما تلك هي الطريقة الوحيدة التي يمكن ان أعود بها لك. ظالمان انتهى بهما الطريق للتغير، أفضل من أن أبيت مظلومة دائمًا. إن بقيت دائمًا المظلومة سأكرهك وأنا لا أريد أن أكرهك.

علمتك اليوم درسًا وأعطتني أنت مرجعًا للحياة أطبقه عليك.

لم أخبر أحد بعودتي لمصر... ركبت الطائرة ولم أنظر ورائي. المكان كئيب من الأعلى أرى صفوان في أطراف المدينة.

خروجي من المنزل كان مع صفوان استماعي للموسيقى كان مع صفوان، بكائي كان منه ومعه... حياتي مقترنة به حتى نسيت كيف كانت الحياة من قبله.

***

اتصلت بي ليديا عند رجوعي لمصر تلومني على فعلتي.

أطمئن قلبي بيقيني بعدم تركها له... ليديا أفضل مني في التصرف أنا لم أكن لأفيده.

يتصل بي هيثم فور دخولي للمنزل "ينفع نتقابل لو قادرة... النهاردة؟"

أريد سماع رأي هذا قليل الكلام.

ذهبت لمقابلته بمنتهى الهدوء بعدما غمرت السعادة المنزل فور معرفتهم بأمر بقائي في مصر بشكل نهائي.

- ريما أنت عارفة إنك زي أختي صح؟

- طبعًا يا هيثم

- أنا بحب أختك وعايز أتجوزها.

فعلتها الصغيرة. أقنعته بما لم أقدر عليه أنا مع صديقه.

- بس دي لسا صغيرة

- نسأل والدك وأخوكي... وبعدين عارفة مصلحتها

- طب ولو كنت زي صاحبك وأخدتها برة لوحدها بهدلتها معاك

- مينفعش تقارني الناس ببعض... عامة أنا سبت الشغل هناك وهشتغل هنا علشان هي عايزة تفضل معاكوا.

***

يوجد بداخلي كم هائل من الأسى... أنا من فعلت بنفسي هذا تركت أهلي وسافرت، كنت حالمة وارتفعت بأحلامي؛ فسقطت منكسرة الرأس.

ماذا إن كنت قد سافرت من أجل الحب وليس الاستقلالية...؟ أي استقلالية تلك تجعلني محزونة ومكبلة بفتى كصفوان.

- أنا واثقة في قرار أختي وواثقة فيك... بس أنتَ ازاي سايب صاحبك لوحده

- ماله صاحبي؟

- أنتَ متعرفش؟

اتصل به هيثم وأنا معه... كان صفوان يبكي بحرقة "سابتني وأنا محتاجها... مش مصدقة إني مظلوم... أنا غبي ضيعتها من إيدي ولما حاولت أرجعلها ضيعتني هي من إيديها"

أخذ هيثم الهاتف بعيدًا وخرج من المكان... بعد دقائق عاد مُغضبًا.

- أنتِ مش إنسانة يا ريما

- علشان غلطة يبقى مش إنسانة طب وهو؟

- غلطة عن غلطة تفرق... كنتي تقدري تسأليني

- ما أنت دايمًا ساكت ونور هو الوحيد اللي كان بيساعدني و...

- وبيدمرك... نور بيغير من صفوان عمرهم ما كانوا قريبين ظروف الحياة وشياطينها هي اللي خلتهم قريبين.

حين أقرر الانتقام أصبح أنا الظالمة.... ربما مشكلتي مع الحياة وليست صفوان. أنا أحاول الحفاظ على ما تبقى مني.

أنا لا أعرف إن كان هيثم صادقًا أم يدافع عن صديقة.

حتى ولو كان صفوان بريئًا، أنا لم يعد بإمكاني البقاء، لا يمكنني مساندته ومرافقته في السراء والضراء.... هذا ما صنعه صفوان مني.

رفضت الركوب مع هيثم ورغبت في الترجل...

أنا فقط أردت الانتقام لكبريائي أردت أن أعود بقلب نقي كما كان معه أول مرة، لن يسامحني صفوان حتى ولو قررت البقاء معه.....

لنفكر جيدًا في الأمر... أنا على علم بذكاء صفوان. حتى ولو أخطأ من المستحيل أن يتسبب في حملها. نور يظهر وقت المصائب جالبًا لها.

نور دائمًا ما كان يقترب مني بشكل غريب.. لا أنسى بسمته تلك عند ملامسته ليدي. أرسل لي جوزين وأقنعها بأنها تنتقم لنفسها وتنصحني.

يتصل نور في تلك اللحظة.... لا أعلم ماذا عساي أن أفعل.

وجدتها...

-       Where were you?

-       Life is so hard baby. What happened to Safwan?

تلك هي فرصتي فتحت تطبيقًا لتسجيل المكالمة حتى لا يعلم نور بأنني أسجل له.

تنهدت وأخبرته بأن كل شيء صار مكشوفًا... صفوان اعترف بخطبة تلك الفتاة وأنه كان على علاقة بها..

فرح نور وأكملت أنا اللعبة. أخبرت نور بأنني أصبحت أكره صفوان وبأنني لن أعود مجددًا للندن... بلكنة إنجليزية أخبرته الآتي "كذب كلاكما، هو كذب ليحمِ نفسه وأنت كذبت لتحميني منه.. سأرد لك الجميل يا نور. اعترفت الفتاة بأنها خُطبت لصفوان، ولكنها تقول بأن العلاقة دائمًا ما كانت معك.. تقول بأن الولد هو ابنك... الشرطة تبحث عنك"

تلعثم في الكلام يخبرني بأن تلك كانت مرة واحدة مستحيل أن يحدث حمل من مرة... يقول بأنه توقع بأن الحمل من صفوان لأنهما كانا مخطوبين.

- بس أنت كنت معاها حتى وهي مع صفوان يا نور

- بقولك مرة يا ريما... هو أنا كده متهم باللي حصلها؟

- أكيد

- بس...

- نور مش مهم أنا أصدقك أو لأ المهم هما يصدقوك

أغلقت معه الهاتف وأرسلت المكالمة لصفوان "دي اخر مرة هساعدك فيها"

***

بعد الرسالة بيومين اتصلت بي ليديا لتعلمني بما حدث.

كان نور يهدد الفتاة وكانت خائفة منه، أقنعها بأنه شخصية مصرية سرية وغاية في الأهمية.... وإن تكلمت فسيقتلها.

طمأنتها ليديا وساندتها... أدلت الفتاة بالحقيقة حين عرفت كذبه في كل ما قال.

أمسكوا بالسائق، لم يدلِ بشهادته ورفض التكلم، ولكن المال يشتري الحقيقة. بعلاقات ليديا أرسلت له رسالة بأنه إذا قال الحقيقة فستعطيه خمسة آلاف جنيه إسترليني.

انتهت القضية وألقي القبض على نور، واختفى صفوان دون إخبار أحد عن مكانه. وستأتي ليديا مع أقرب طائرة عائدة لمصر.

لم يستطع هيثم أن يكون بجوار صديقه في تلك الأزمة... اتصل بأبي اليوم وسيأتي غدًا ليطلب يد مليكة.

ذهبت لأبارك لمليكة في منتهى الهدوء. وُهبت الذكاء الاجتماعي، ووُهبت انا الذكاء العلمي.... هي الفائزة، استغلت ما ملكت وأنا ضيعت ما رُزقت

***

عند عودتي وجدت أخي بحالة مزرية، أصبح مثلي قليل الكلام.

"اكتشف حبه لآية."

كانت أمامك يا حليم، كانت أمامك في كل لحظة وكل ثانية. وهلة خوف وتردد كانت سبب الفراق بينك وبينها.

من أصعب أنواع الحب أن تكون تجهل بأنك تحب.

غفلة إن لم تفق منها قبل فوات الأوان قد تبقيك نادمًا حتى يفنى بك العمر.

حاولت في الأيام الماضية التحدث معه، يرفض وينزل من المنزل دون وجهة.

حُددت موعد خطبة هيثم ومليكة...

وفي هذا اليوم كان حليم بدرًا يضحك من كل قلبه.

في وسط الغُمة يبحث البشر عن أمر يسعدهم... أيًّا كان هذا الأمر سيحاولون أن يفرحوا به ويسافرون به القارات باسمين.

أحاول الاتصال بهيثم ولا يرد له أرسلت له رسالة "أنت عارف صفوان فين؟"

لم يرد.. انتظرت مليكة لتحدثه وانتشلت الهاتف

- طب هو هييجي الخطوبة؟

- مش أنتِ مش عايزاه يا ريما بتسألي عنه ليه؟

- عايزاه ومش عايزاه...

- لما تفهمي أنتِ عايزة إيه هبقى أشوف لو ينفع أوصلك بيه

على الأقل هو يعرف أين هو. أنا لا أعلم إن كان يتوجب العودة له أم لا.

ظلمته وشككت في أمره، تركته وحيدًا.

كنت في نقطة قوة قبل هذا القرار. من المستحيل أن تكون كسرتي أمامه نقطة قوتي.

حتى ولو قررت فتح صفحة بيضاء يا صفوان... انتهت كل صفحات الكتاب.

أصبحنا غرباء مرة أخرى، ويُعز علي قول غرباء.

***

الكل فرح وأغانٍ في كل مكان.. الكل سعيد ولا يشعر بي أحد.

تسألني أمي عن صفوان فأقول لها بأن لديه الكثير من الأعمال.

تقف بجواري زينة وأطلب منها أن تكون برفقة أختي وإن حدث شيئًا تناديني.

تدخل ليديا المنزل الذي شهد خطبتين لي وخطبة لأختي. من ينظر لكل تلك الأفراح التي في المنزل لن يعلم كم الأسى الماكث في نفوس أصحابه.

- أنا قولت مش هتلحقي توصلي

- مقدرش

- ليديا متعرفيش حاجة عن صفوان؟

لم تجب ليديا، ذهبت لتبارك لهما. لم ترقص ليديا ولم تتوهج كعادتها، بل كانت مرهقة ومُطفأ وجهها.

ذهبت لشرفة المنزل وذهبت خلفها.

- عارفة يا ريما أوقات بحس إن معظم البشر لازم يموتوا... لا حد نديله ثقة ولا حب

- كل الناس؟

- عارفة بعد ما تم اغتصابي كنت مرعوبة من كل الناس كنت فاكرة بيشوي هو المنقذ اللي هيحميني وينجدني. عانيت من متلازمة RTS صدمة ما بعد الاغتصاب، كنت خايفة من كل الناس وفجأة حسيت نفسي أقوى من كل الناس... حسيت إن معنديش حاجة أخسرها ولا أهل ولا شرف. كلهم ماتوا.

- بتقولي ليه كده دلوقتي؟

- علشان الحياة كل ما تلاقيكي بتقوي لازم تحاول تضعفك تاني... كل ما تبقي أقوى كل يجيلك وجع أكبر.

نظرت في عينيها ولم أشعر بشيء. لا وجود لمشاعر في تلك النظرة. لم أعهد من ليديا تلك الحالة.

- ريما أنا بحبك جدًا بس لازم تعرفي إن مش كلنا بنتعامل مع صدماتنا بنفس الطريقة.

- يعني إيه

- يعني بحبك وده كفايا... محدش بيلاقي حد يحبه من غير مقابل وأنا وأنت حبينا بعض من غير مقابل، كان كفايا أحس إن في حد أكلمه.

التفت لأجد صفوان يبارك لمليكة وهيثم... خرجت وجلبته من يده للشرفة. وتركتنا ليديا.

أمسكت بيده دون كلام...

- أنا فكرت في كلامك يا ريما

- مش لازم تفكر دلوقتي

- أنا بعدت علشان أفكر...

سحب يده من يدي، كنت ممسكة تلك المرة بيده ولم يمسكني هو.

- احنا أذينا بعض ولازم نبعد...

- صفوان أنا بحاول أسامحك وأسامح نفسي

- وأنا ولا قادر أسامحك ولا أسامح نفسي...

يعطيني دُبلته "أنتِ حرة يا ريما..."

- صفوان طيب اديني فرصة نتكلم بعد ما يمشوا... مش عايزة أعيط قدام الناس خليك معايا.

- على الأقل لو هتعيطي هتلاقي حد معاكي... بحبك

- بتحبني وهتسيبني؟

- الحب مبيئذيش... وأنا وأنتِ أذينا بعض كتير. الموضوع أكبر مني ومنك.

تركني ورحل وممسكة أنا بتلك الدُبلة، شعرت ليديا بخطب ما فاقتربت ومعها زينة... أحاول ألا أبكي "ليديا انزلي معاه... الحقيه"

رأيته يركب السيارة وتركب معه ليديا، هذا ما كنت أريد واليوم أقول لا أريد.

ارحل يا صفوان... تلك المرة لن ألومك ولن أعاتبك. كلانا خسر نفسه.

كلانا يتألم على الأقل سنتشاطر الحزن للمرة الأخيرة.

لم نتفق على الافتراق، بل مجبوران عليه.

ترحل سيارتك وأسترجع كل تلك الذكريات. أحببتك وسأبقى على عهدي بحبك. أتركك وقلبي معك، تتركني وتموت في بعدي.

الأمر أكبر حتى من الحب...

هذا أسلم حل يا صفوان... رحلنا وبقيت الذكريات. سنوات صارت هباء. اليوم لم يعد يتبقى مني شيئًا.

بعد أكثر من ساعة اتصلت بليديا "ألو يا ليديا هو كويس"

- ألو.. حضرتك الناس اللي في العربية دي عملوا حادثة ونقلوهم المستشفى.

بالطبع لا أنا وافقت على رحيلك عني لا عن الدنيا كلها... لا تجعلني أصدق بأنك كنت تفعل هذا لأكرهك ولا أتعذب حين ترحل يا صفوان... لهذا السبب كان وجهك هكذا يا ليديا؟

وضعت الهاتف على أذن هيثم... يجري الجميع على صوت بكائي.

لا أتحمل فقدًا... فقدين جديدين. ما عدت أملك أحدًا.

تقترب مني زينة " هما بيقولوا في المستشفى يعني إن شاء الله كويسين لو في حاجة وحشة كانوا قالولنا"

الناس لا يرمون بخبر الوفاة في الهاتف يا زينة، سأحاول تصديقك فهذا حل لا آخر له.

ركبنا السيارات وبداخلي ذكرى يوم وفاة آية. لن أقدر على إعادة الكرة.

لا أعلم كيف وصلنا... ركضت بجانب هيثم وزياد.

- للأسف السيدة في ذمة الله والشاب حالته صعبة وفي العناية المركزة.

- لا يا ليديا... أنت دائمًا معي، تحبينني دون مقابل. والله ما عاد بي قوة للتحمل والله خسرت كل شيء... الكل يفوز وأنا أخسر.

تبكي زينة وترتمي في حضني... يا زينة أنا لست قوية لاحتضانك أنا ضعيفة لا تنخدعي في ثباتي.

كلما تحمل الإنسان حزنًا وجد حزنًا أكبر وأنا لم أتخطى حزن فقد آية بعد....

ليتني من ركبت السيارة يا ليديا. أنا المخطئة في حقه لا أنت. الموت ليس لكِ... الموت للضعفاء، أنا ضعيفة وأريد الموت. أنت تستطيعين مواجهة الحياة أنا لا أستطيع حتى مواجهة نفسي.

كل هذا الألم ولا أبكي، أحاول البكاء ولا أقدر. حتى البكاء يحتاج لقوة لا أمتلكها.

أضم زينة أكثر "كل حاجة هتبقى كويسة أنا معاكي"

صفوان قوي سيواجه الحياة.... صفوان لديه من يقاتل لأجله. لديه "ريما" حبيبته التي إن لم تكن له فلن تكون لغيره.

صفوان الجبل، نائم في السرير، يده اليسرى مكسورة ودم حوله في كل مكان ورأسه المَخِيط. لم يفق بعد... أنا واثقة بأنك ستستفيق في أية لحظة. أنت قوي يا صفوان ستقاوم ... يقول الأطباء بأن جسدك يقاوم. ستكون في صحة جيدة تحتاج فقط للوقت... الوقت كل ما تحتاجه.

نحاول الاتصال ببيشوي، لا يجيب هاتفه مغلق... نرسل له الرسائل ولا تصله.

***

قمران ونحن كما نحن. دُفنت ليديا في هدوء تام.

لم يكن لها أهل، وحيدة تمامًا. كنا نحن فقط. وبيشوي غير موجود ولا يعلم حتى الآن بمصرع زوجته.

صفوان يتحسن واستيقظ من نومته.. زرته اليوم لم يتكلم معي ولو نصف كلمة. أمسكت بيده ووضع هو يدي الأخرى على لحيته دامعًا.

قلت لك يومًا كل هذا الحب ولا يبدو علينا الحب، واليوم أكررها.

لا يريد أن يخبر والده بما حدث. كتوم أنت يا صفوان، والكتمان يؤذيك.

يتصل بي رقم مجهول " أستاذة ريما معايا؟ أنا كنت محامي أستاذة ليديا أستأذنك تجيلي النهارة لو فاضية"

أعطاني العنوان وأنا تائهة بين إن كنت أريد الذهاب أم لا.

تختبرني الحياة يوميًا وكلما بلغت درجة النجاح تجبرني الحياة على إعادة الامتحان. كأنها تشك في قدرتي على النجاح في امتحان الدنيا.

عزمت على الذهاب. ليس هناك مزيدًا من الأشياء يمكن أن تحدث أسوأ مما حدثت.

***

مكتب فخم كبير... قلت لهم اسمي قبل أن أجلس "لا حضرتك اتفضلي ادخلي ده الأستاذ مستنيكي"

رجل أصلع يرتدي نظارة، أربعيني، طويل.

يقف ليصافحني "أهلًا يا أستاذة ريما"

- أهلًا بيك أستاذ ماجد

- ليديا هانم كانت مبلغاني إن أنتِ اللي لازم تفتحي الخزنة علشان في حاجة تخصك... وبعدها مبلغاني أعرفك حاجة

- هي خزنتها هنا؟

- جابتها قبل ما تسافر لندن

فتح لي الخزنة فوجدت أوراق ومستندات كثيرة. من الواضح أن ليديا كانت تحب التعامل بالدولار فقط.

وجدت جواب مكتوب عليه "ريما"

"بصي يا ريما أنا مش هجمل الكلام... انا اعتبرتك أختي وحبيتي. عرفتك أسراري وفضلت معاكي. اخر سر لازم تعرفيه إن قليل الأصل اللي نضفته طلع هو اللي عامل كل ده... جابلي واحد يغتصبني.... سمعته بيكلم حد في التليفون وبيهددوا بعض بالحكاية دي. لما واجهته لاقيته بيقولي هفضحك ولما مهتمتش قالي يا أديله نص ثروتي بالأدب يا هيقتلني... أنا مش باقية على حاجة يا ريما. ممكن يقتلني وممكن يطلع بيقول كلام وخلاص. ممكن تكوني فاكرة إني كتبالك أعرفك مين هيكون السبب في موتي بس دي اخر حاجة تهمني مش فارقلي صدقيني. أنا فارقلي حاجة تانية أنا يعتبر خُنت ثقتك ودي الحاجة اللي مقدرتش أسامح نفسي عليها.

أنا بعد اللي حصلي مبقتش فاهمة جسمي، أوقات بكون حابة الرجالة وأوقات كرهاهم وكارهة جسمي وقرفانة من نفسي... لما طلبتي مني أخرج مع صفوان دي كانت بعد الفترة اللي عرفت فيها حقيقة بيشوي.... خرجت وسهرت وشربت معاه.... كان هيحصل بنا حاجة مش حابة أتكلم عنها هو لحق نفسه علشان بيحبك وأنا كمان لحقت نفسي... بس مسامحتهاش.

زي ما عندي سبب للي حصل ممكن هو كمان كان عنده أسباب للي بيعمله. هو لحق نفسه علشان بيحبك مش علشان خايف يغلط، اللي زي صفوان مبيخفش من حاجة ودي مشكلة تانية. عامل زيي معندهوش حاجة يخسرها بس أنتِ كنتِ أول حاجة نِملكها ونخاف نخسرها ... أنتِ وأخته كل حاجة في حياته"

تلك الرسالة تستحقين عليها الشكر أم السب يا ليديا. أعطيتك الثقة والأمان وخانني جسدك. حتى ولو لكِ العذر وله العذر لا يحق لكما أن تجبراني على أن تقبله.

أقدر صراحتك وأعرف نفسي سأسامحك لأنكِ حاولتِ إصلاح ما حدث لأكثر من مرة... أنا شعرت وقتها بفعلتك يا ليديا.

ليديا أنت عند شخص هو من يعاقب ويسامح... أنا أسامح كل البشر فلن أسامحكِ أنت؟

أنت أخبرتيني بمرضك النفسي قبل موتك ليس قبل ما حدث هذا فقط ما يحزنني. تخبرينني بعد فعلتك وليس قبلها.

التأنيب والعتاب لن يغير ما حدث، وكل شيء كان متوقع من صفوان.

وأي أخت تلك؟ صفوان وحيد... صفوان ليس وحيد صفوان لديه قريبة.

- أستاذة ريما... ليديا هانم كتبت كل ممتلكاتها باسمك قبل ما تموت وقالت إن ده ميجيش حاجة جنب وجودك في حياتها.

أنا وأنتِ نعرف أن المال لا يشتري القلوب. أنا فقط يهزني محاولاتك للتكفير عن ذنب كدتِ تقترفينه لن أفكر إلى أي حد وصل بك الذنب... يكفيني إفصاحك عن الأمر. كان من الممكن أن يموت هذا السر معكِ.

أخت صفوان... هذا إذًا السر الذي يخفيه؟

كل تلك الثروة أرادها بيشوي. جشع هو، كان يدير لليديا كل شيء لم ترد هي منه غير وجوده.

تكافئني الحياة بالأمر الوحيد الذي لم يهمني يومًا... أموال طائلة في لحظة أصبحت ملكي.

***

في صباح اليوم التالي.

- هيثم أنت فاكر اسم قريبة صفوان؟

- اشمعنا؟

- عايزاها كانت سايبة حاجة في البيت من يوم الخطوبة

- أميرة

- ماشي شكرًا.. سلام

أخذت أبحث عنها حتى وجدتها تلك هي فائدة التكنولوجيا الحديثة.

"أميرة خالد"

والد صفوان لا يُدعى خالد.

تكلمت معها وطلبت منها أن أراها.

تقابلنا لأول مرة بدون صفوان. وبعد كثير من اللطافة التي لا أقدر عليها فصفوان ولو صار جيدًا فبه ألم ولم يخرج بعد.

- أنت أخت صفوان من الأم بس صح؟

- .....

- مالك؟

- أصل صفوان مبيحبش نتكلم في الموضوع ده

- إنك أخته؟

- هو قالك إيه؟

- قالي إني محتاجة أعرف منك أنتِ كل حاجة.... عرفيني علشان أنتوا كمان محتاجين تعرفوا حاجة مهمة.

ظلت صامتة لدقيقة. "الحكاية مش عندي أنا تعالي معايا"

توجهنا حيث تسكن أميرة ودخلنا المنزل "ماما في ناس عايزة تتكلم معاكي"

حاولت منع الدهشة. خرجت الأم، إنها تشبه "جوزين"، فقط هي أكبر سنًا.

كان يبحث دائمًا عن أمه، أحب جوزين كأم لا حبيبة.

- ماما هي دي ريما خطيبة صفوان...

احتضنتني أمه، كأنها تراه في نبضي. "حكالك عني؟"

- جاية اسمع منك

- يبقى محكاش

أقسمت لها إن حكت لي؛ سأحاول المساعدة.

الظلم قد يأتي من أقرب الناس لنا هذا ما تعلمته من أمه.

الأمر بدأ حين كان يبرحها والد صفوان ضربًا، كان يؤذيها قولًا وفعلًا. كانت تخبر صفوان بأن هذا الأمر عادي ويحدث بين الأزواج كانت تحاول أن تبتسم وهي مكسورة الجناح. بعد فترة وصل لها "خالد" كان يحاول أن يقابلها لأكثر من مرة.

خالد كان حبيبها الأول. سافر العراق ولم تصلها أخبارًا منه، ظنته هجرها.  كانت أمها تخفي رسائله عنها لتزوجها بوالد صفوان.

لم يكن يطلب منها خيانة زوجها كل ما أوصله لها "هقابلك أقولك اللي حصل على الأقل متفتكريش إني ظالم"

وافقت على مقابلته وفي تلك الأثناء ظهر والد صفوان من العدم ضربها أمام العامة ونعتها بالخائنة وطلقها أمام الناس وأعادها لأمها حارمًا لها من ابنها الوحيد.

اختفى والد صفوان بصفوان. أخذ يروي له كيف خانته أمه وأنه وجدها برفقة رجل غيره وكل النساء خائنات وكل فتاة يمكن أن تخون رجلها بكل سهولة.

بعد شهور طلب منها "خالد" أن يتزوجها وافقت فلقد كان يشعرها أهلها بأنها عاهرة.

أنجبت أميرة من خالد واستطاعت الوصول لصفوان بعد سنوات، كان قد وصل لسن المراهقة فرفض وجود أمه الخائنة... حاول تقبل وجود أميرة الذي كرهها في بداية الأمر. من بعد تلك الفترة اختفى مجددًا وظهر في فترة الجامعة يكلم أخته فقط.

"على الأقل قبل أخته وحبها"

سمعت ما يكفيني لفهم كل تصرفات صفوان. أخذتهما من يديهما دون تفكير وذهبت للمشفى.

دخَلت بهما لغرفته وصُعق صفوان

- لو مش عايز تبرر لحد يبقى على الأقل تخلي اللي قدامك يبرر موقفه... صفوان دي اخر مرة هساعدك فيها

- معندهاش اللي تقوله يا ريما... متفتحيش حاجات قفلتها.

- هفتح يا صفوان، اسمعها وأحكم اديها فرصة اسمع منها. أنت حابس نفسك في ذكريات أبوك خلقهالك

- شيء ميخصكيش يا ريما

- يخصني يا صفوان أنت كلك تخصني.... في ما بنا حب حتى لو رافضين وجود بعض. أنا هسيبك تسمعها هسيبك تحسسها تحسسها إنها أمك. سامح ذنبها اللي معملتهوش يمكن أنا وأنت نقدر نسامح نفسنا ونسامح بعض.

اقتربت منه أمه لتحتضنه... تحركت يده حولها ببطء. هذا كل ما في الأمر لا يريد سماع صوت غير صوت وساوسه. كان دائمًا يبحث عن أمه والحب في الوقت ذاته. العالم ليس أمك يا صفوان، أمك واحدة فقط ولو تشابهت ملامحها مع غيرها. قبلتني أخته "شكرًا".

إن كانت تلك مشكلتك فقد حُلت، ولكننا لم نتعافَ مما فعلنا في أنفسنا... بدأت أرحل في هدوء تام وقبل خروجي من الباب.

صفوان: خلاص كده... الحكاية خلصت؟

***

"بعد عام"

واقفة أمام بحر الإسكندرية المتوسط ورائحة اليود تتخللني...

في مثل هذا اليوم سألني صفوان إن كانت قد انتهت حكايتنا. لم أعطه رد رحلت دون الموافقة أو الرفض. اليوم أتأمل وحدي نجوم الإسكندرية التي راقبناها يومًا سويًا.

محاولة جديدة لأستعيد نفسي... معظمنا خسر يا صفوان. وحتى أعظم انتصارات من حولنا كانت السكينة.

أحببتك كما تستحق... واليوم أُحبني كما أستحق.

أغلقت كتاب حكايتنا فما عادت به من صفحات، لا تقلق اشتريت كتابًا جديدًا بحياة جديدة وصفحات لم يلطخها حبر الحياة. ربما أقابلك يومًا صدفة بعدما قطعنا كل سبل

التواصل. لم يتبقَ غير هيثم وأميرة بيننا. تحسنت علاقتك بأهلك وهذا يسعدني، أنت فقدت حب الأهل طيلة السنوات التي احتجتهم فيها.....

أحبك ولست لك أو لغيرك، أعدك يا حجري الأملس إن استطعنا مسامحة أنفسنا قد أعود لك... قد أعود إن استطعت إيجاد ما تبقى مني.

**النهاية**